I0612161

आखरी एहसास

Evincepub Publishing

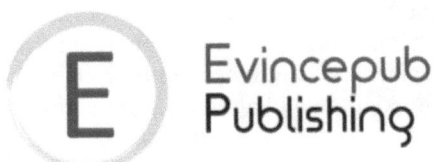

Evincepub Publishing

SMIG - 65, Parijat Extension, Bilaspur, Chhattisgarh 495001
First Published by Evincepub Publishing 2017

Copyright © Suresh Kumar Karoriya 2017
All Rights Reserved.

ISBN: 978-1-5457-1051-7

(The last feelings of love)

सुरेश कुमार करोरिया

पुस्तक के बारे में

सेज फूलों की चुनी

तो हमें कॉटों की सौगात मिली

मुस्कराते हुए होठों से

एक जहरीली मुस्कान मिली

ये अपनी अपनी किस्मत है

उनको चॉदनी रातें मिली

मै अंधेरी रातों मे एक नया अफसाना

लिखता चला जा रहा हूं
मैं आखों मे आशा की एक किरन
लिये जा रहा हूं

सदां के लिये एक नया अफसाना

लिखता चला जा रहा हूं

ये पवन के झोंके लगते हैं हमको धोके
जाने... कब... कहां... खो जाये

अब इस दिल का न कोई भरोसा

जाने... कब... कहां... खो जाये

ये पवन के झोंके ....

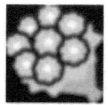

लेखक के बारे में

मेरा जन्म आगरा के एक छोटे से गांव झाडे की गढी मे ०८ अगस्त १९७२ मे हुआ ।

आगरा कॉलेज आगरा से १९९५ मे बी एस सी की उपाधी हासिल की।

२४ जून १९८८ को चंद्र प्रभा के साथ सात फेरों मे बंधने के बाद जीवन मे आये उतार चढाव को एक लय मे लिखना शुरू किया तो शब्दों के जाल मे उलझता गया खुद को सुलझाने का मौका नही मिला दिन का चैन और रातों की नींद उडने लगी कॉलेज और मेरिज लइफ का तालमेल बिठाना कठिन था

२००४ मे कुछ उम्मीदों के साथ मुम्बई आया नया शहर न कोई जानने बाला नये लोग नया बाताबरण कठिन था रास्ता मगर होशले बुलंद थे बक्त ने कई आच्छे दोस्त दिए

२००४ मे द फिल्म राइटर एसेसिएशन का सदस्य बना यहा सर्बाइब करने के लिए टेलीकोम कंम्पनी मे काम किया और अपने होसलें को उडान दी बतौर निर्माता गीतकार दे दे पनाह मुझको एलबम का निर्माण किया।

1

***

न घर में न कालेज किताबों में

तुम रहते हो मेरे ख्वाबों में ... २

न घर में न कालेज किताबों में

तुम रहते हो मेरे ख्वाबों में ... २

न घर में ...

करें भी तो हम क्या करें

प्यार जो तुमसे हो गया

मासूम था मेरा दिल

जाने कहां खो गया

सपने सजाकर बैठे है

अरमान लगाकर बैठे है

जिंदगी की राहों में

तुम रहते हो मेरे ख्वाबों में

न घर मे न ...

नजरों मे तुम छाने लगे हो

क्यो मेरे दिल को लुभाने लगे हो

रहते सदां तुम सासों में मेरी

तेरा चहरा बस है नजरों में मेरी

ये कैसा खुमार सा छाने लगा है

इस दिल का हाल बेहाल होने लगा है

एक तराना बसा है मेरी सांसो में

तुम रहते हो मेरे ख्वबों में

न घर में न ...

———◆———

2

तेरी आखों मे जादू है

तेरी बातों मे जादू है

यारा तू सबसे जुदा है

इसलिये... २

मेरा दिल तुम पर फिदा है

तेरी आखों मे...

हर बार दिल तुमको ही चाहे

तुमको बुलाती है मेरी निगाहें ... २

दिल से मेरे ये आई सदा

लाखों मे तू है एक जवा

इसलिये २ ...

मेरा दिल तुम पर फिदा है

तेरी आखों मे...

ख्वाबों मे ख्यालों मे तुमको बसाया

छुप छुप कर तुमको ही अपना बनाया... २

दबी जुवां से कहना तो चाहा

जो दिल मे था वो तुम ने कह दिया

इसलिये... २

मेरा दिल तुम पर फिदा है

तेरी आखों मे...

———◆———

3

कितना हसीन पल है पल दो पल की बातें

बहुत याद आती है एक पल की मुलाकातें

कितना हसीन पल है...

याद तेरी दिल से जाती नही

रात भर नीद हमको आती नही

सपने देखें भी तो कैसे तुम्हारे

बेचैंन करती है एक पल की मुलाकातें

कितना हसीन पल हैं...

खोया रहता हूं हरदम ख्वाबों मे तेरे

एक हसीन चेहरा समाया नजरों मे मेरे

वो खूबसूरत रातें साथ मे बरसातें

हर पल सताती है एक पल की मुलाकातें

कितना हसीन पल है...

चलना मुशिकल है खूबसूरत डगर है

तेरे बिन जिंदगी ना जिंदगी का सफर है

एक अहसास है बस प्यास ही प्यास है

ये हसीन नजारे याद आते पल भर की मुलाकातें

कितना हसीन पल है...

4

एक लडकी को देखा पहली बार

दिल होने लगा है बेकरार

कानों मे वाले लटकते सितारे

योवन पर छाई है उसके वहार

एक लडकी को देखा...

नखरे सुहाने उसकी अदा मस्तानी

तोबा तोबा हाय कातिल जवानी

गालों पर लट नागिन सी लहराये

उसे देखकर मेरा दिल खोया जाये

हूर की परी है वो नूर से परेय है

योवन पर छाई उसके वहार

एक लडकी को देखा...

पतली कमर उसकी लचकत जाए

मोजौं के दरिया मे सरकत जाए

उसकी अदाए सबसे अलग है

देखने मे वो कितनी खूवसूरत है

संगमरमर की वो मूरत है

योवन पर छाई उसके बहार

एक लडकी को देखा...

———◆———

5

पहली नजर और उसका कमाल

ले गया आखों से काजल निकाल

ढूढती रहती है नजर उस नजर को सदां

कर दिया उसने पल मे निहाल

पहली नजर और...

उसकी नजर का इशारा दिल मे बस गया

पहली मुलाकात मे क्या से क्या हो गया

मैं खामोश रहा दिल धडकता रहा

आज क्यों पहली बार ऐसा लगने लगा है

कर दिया उसने पल मे निहाल

पहली नजर और...

आज ये कैसी मुलाकात की शाम है

बरसता है सावन मोहबत की रात है

घायल दिल है संभलना बडी मुश्किल है

करती घायल हर पल उसकी निगाहें

कर दिया उसने पल मे निहाल

पहली नजर और...

6

मेरी नजर से तुम देखो तो

वो कितनी खूबसूरत है

जिसको दिल दे दिया है

जिसको दिल ने पसंद किया

वो कितनी खूबसूरत है

मेरी नजर से.........

जब से मैने तुमको देखा

इश्क सा होने लगा है

वो चॉद सा रोशन चेहरा

इस दिल मे रहने लगा है

ये ख्वाव है या हकीकत

कैसे उनको बताऊ

वो कितनी खूबसूरत है

मेरी नजर से.........

जिसके लिए दिल धडकने लगा है

वो मेरा चैन चुराने लगा है

चोरी चोरी वो अब मेरे

सपनों मे आने लगा है

ये कैसा मीठा मीठा अहसास है

मै कैसे उनको बताऊ

वो कितना खूबसूरत है

मेरी नजर से......

———◆———

7

दिल खोल के बतला दो

कि तुम मुझे प्यार करते हो

नजरों से समझा दो

कि तुम मुझे प्यार करते हो

हां रे हां ...२ आजा...

दिल खोल कर......

तेरे इश्क मे पागल है

कसम से कितने सपने सजाये

जब तक ना मिलूं तुमसे

हमको अब चैन न आये

क्यो जुल्फें उडाकर तुम

सीने पे बार करते हो

दिल खोल कर......

हां रे हां ...२ आजा...

तेरी बातों मे जादू है

क्या क्या बहाने बनाते हो

नजरें मिलाकर तुम

क्या क्या जुल्म ढहाते हो

क्यो सपनों मे आकर तुम

मेरी नीदें चुराते हो

दिल खोल कर......

हां रे हां ...२ आजा...

तेरी नजरों से घायल हूं

हर अदा पर कायल हूं

लडकी है या तू परी

बिन देखे दिन कटता नही

क्यूं अंगढाई लेकर तुम

हमको सताते हो

दिल खोल कर......

हां रे हां ...२ आजा...

————◆————

8

मैं आखों मे आशा की एक किरन

लिये जा रहा हूं

सदां के लिये एक नया अफसाना

लिखता चला जा रहा हूं

मैं आखों मे आशा की......

मिटकर भी हर रस्में वफा की

निभाता जा रहा हूं

हर दर्द को सीने मे छुपाकर

इस जहां से चला जा रहा हूं

इस जहां ने कुछ ना दिया

बस कुछ रूसवाइयों के सिवा

बहते हुए अश्कों से एक नया अफसाना

लिखता चला जा रहा हूं

मैं आखों मे आशा की......

सेज फूलों की चुनी

तो हमें कॉटों की सोंगात मिली

मुस्कराते हुए होठों से

एक जहरीली मुस्कान मिली

ये अपनी अपनी किस्मत है

उनको चॉदनी रातें मिली

मै अंधेरी रातों मे एक नया अफसाना

लिखता चला जा रहा हूं

मैं आखों मे आशा की......

मेरे आने से तेरी महफिल

डगमगाने लगी है तो चला जाता हूं

इस भरी नाव मे मैं एक पापी हूं

तो लो मैं डूब जाता हूं

जिनको समझे थे हम अपना

वो दर किनारे से निकले

लो मौत के साये मे एक नया अफसाना

लिखता चला जा रहा हूं

मैं आखों मे आशा की ...

———◆———

9

तेरी एक हसीं पर फिदा है ये जिंदगी
तुम पर कुर्बान कर दूं मै लाखों खुसी
तेरी एक हसीं पर फिदा ......
ये जिंदगी है तुम्हारी जी चाहे जैसे खेलो
तन मन से खेलो चाहे जी जांन से खेलो
अब ना शर्माओ ना कोई बहाना बनाओ
फैली है बाहें आओ आ भी जाओ
इन सासों पर रवानगी है तुम्हारी
तेरी एक हसीं पर फिदा ......
तेरे आने से दिल का करार खोने लगा है
बेबसी मे भी तुम पर ऐतवार होने लगा है

जवानी का जोश ये होठों की चिलमन

कैसी गुद गुदी है आओ आ भी जाओ

चूमों बदन तो ये दीवानगी है तुम्हारी

तेरी एक हसीं पर फिदा ......

ये कैसी हसीं है जो होठों पर रूकती नही

सासें भी एक पल भर को थमती नही

ये अंगढाइयां पल भर की मदहोशियां

हमसे सभलती नही आओ आ भी जाओ

मदहोश निगाहें आज चाहती है क्या

तेरी एक हसीं पर फिदा ......

———◆———

10

चाँद मे देखा चेहरा उनका

तो इशारे याद आ गये

देखी होठों पर हसी

तो तराने याद आ गये

तुम मेरे हो......... कौन ... ?

दिल आऐ तो हम को बता दीजिये

छुप छुप कर ना हमको देखा कीजिये

तुम मेरे हो......... कौन ... ?

नजरें मिली तो बचते फिरे

बच बच कर भी हम बच ना सके

कसम से सच कहते है हम

तीर नजरों से ...

तीर नजरों से यू ना चलाया कीजिये

तुम मेरे हो......... कौन... ?

जवानी दिखी तो हम जलने लगे

जल जल कर भी हम जल ना सके

कसम से सच कहते है हम

जल्वे जवानी के ...

जल्वे जवानी के यूँ ना दिखाया कीजिये

तुम मेरे हो......... कौन ... ?

———◆———

11

मोहब्बत मे तुमने सजा हमको दी है

नजरों ने नजरों से न जाने क्या बात की है

मोहबत मे तुमने......

नजरें क्या मिली चेंन तुमने चुराया

ओ बेदर्दी तुमने हमें तडपाया

जरा पास आकर नजरें मिलाकर

चार बात होबें तो चेंन दिल को आवे

मोहवत मे तुमने......

जब से मैने तुमसे अखियां लडाई

हर रात कयामत लेकर आई

करबट बदल बदल कर रात बिताई

तेरी यादों मे नींद नहीं आई

मोहबत मे तुमने......

मेरे दिल का बना है तू खिलौना

मेरी सासों का बना है तू गहना

जकडे हुऐ है क्यो तनमन को मेरे

ये बंधन है कैसा अजब सलोंना

मोहबत मे तुमने......

———◆———

12

वो कौन सी नजर थी जो दिल मे उतर गई

नजर ही नजर मे नजर न जाने कब फिसल गई

नजरों से नजरों का नजराना तो चुकाना पडेगा

दिल के बदले मे दिल का सकून खोना पडेगा

यही एक छोटी सी बात दिल मे उतर गई

वो कौन सी नजर थी जो ....

अहसान तेरा होगा इस अहसास को भुला मत देना

जो भी है इस दिल मे उसको चुरा मत लेना

चोरी चोरी ही सही हमें ख्वाबों मे याद रखना

नजरों से नजरों के दीदार को छुपाकर रखना

यही दास्ता है एक छोटी सी भूल गले पड गई

वो कौन सी नजर थी जो ………

मोहबत की कहानी लोगों की जुबानी बन गई

गुन गुनाते है वो होठों पर अफसाना बन गई

तेरे प्यार की चाहत मे दिल का सकून खो दिया

एक छोटी सी मुस्कान के लिए हंसना छोड दिया

यही किस्मत है अपनी शिकायत होठों पर रूक गई

वो कौन सी नजर थी जो ………

———◆———

13

हम जिंदगी भर यूं ही जीते रहे

बना कर जाम जिंदगी को पीते रहे

एक नजर खुद को देखा नही

जिंदगी भर जिंदगी को पीते रहे

हम जिंदगी भर यूं ......

क्या क्या गुजार दिया हमने जिंदगी के सफर मे

ऐक लम्हा तक छोडा नहीं जिंदगी के इंतजार मे

भूल जाते है हम खुशियौ के दो पल

जिंदगी गुजार देते है हम जिंदगी के इंतजार मे

हम जिंदगी भर यू ......

हम खुद को समझ पाते नही जिंदगी का पता नही

किस मोड पर मिल जाये जिंदगी जिंदगी का पता नही

आज मद में चूर हैं मदहोशी का क्या पता

किस हद तक गुजर जाये जिंदगी जिंदगी का क्या पता

हम जिंदगी भर यू......

जिंदगी गुजार दी हमने जिंदगी के लिये

खुद भी संभल न पाये हम खुद के लिये

हम यॅू ही जीते रहे जिंदगी के लिए जिंदगी पीते रहे

इक लम्हा देखा नही हर लम्हा जिंदगी को जीते रहे

हम जिंदगी भर यू......

14

कभी ना भूलेंगे हम मुलाकात की एक रात

अरमानो से सजायी है हमने मोहब्बत की एक रात

घूंघट मे सिमटी शरमां रही है मुस्करा रही खिलखिला रही है

कितनी खूबसूरत है हमारी सुहाग की एक रात

कभी ना भूलेंगे हम......

ये कैसा जोश है होश खोने लगा है

तन मन मे शोला क्यो भडकने लगा है

जुल्फें लहरा कर कब घटा बन गई

ऑखों से शबनम जाने कब ढल गई

एक एक बूँद से सागर उमडने लगा है

अब न जाने इसकी हद कहां है

आज ये तन मन को भिगोने लगा है

कभी ना भूलेंगे हम आज की यह रात

अरमानों से सजायी है......

सारे शिकवा मिटा दो फिर शिकायत मत करना

जो भी अरमान हो दिल मे कह दो फिर ना मचलना

वाहौं मे तेरी कैसा नशा सा छाने लगा है

होठो का पैमाना दिल मे उतरने लगा है

मदहोश हुआ मे कैसी मस्तानी शाम है

ऑंखौं पर शरारत नजरों मे कमान है

कभी ना भूलेंगे हम आज की यह रात

अरमानो से सजायी है......

15

ये पवन के झोंके लगते हैं हमको धोके

जाने... कब... कहां... खो जाये

अब इस दिल का न कोई भरोसा

जाने... कब... कहां... खो जाये

ये पवन के झोंके ....

सासों की डोर से चले हम मस्ती में झूम कर

नील गगन के तले चला चॉद सितारों को लिए

मन तो था मतवाला दिल का हाल न जाना

आती जाती रहती हैं वहारें इनका न कोई ठिकाना

जाने... कब... कहां... नजराना हो जाये

अब इस दिल का न कोई भरोसा

जाने... कब... कहां... खो जाये

ये पवन के झोंके.........

आज की शाम मस्तानी बन जाये न कोई कहानी

होठों से पीना सिखादे मदहोशी मे कैसे जीना

ये हाल हुआ मेरा कैसे आ पास मुझे बतादे

ढूडती रहती है नजरें शमां में कहां है परवाना

जाने... कब... कहां... नजरें चार हो जाये

अब इस दिल का न कोई भरोसा

जाने... कब... कहां... खो जाये

ये पवन के झोंके ....

16

उसकी वफा का यही है शिला

मुझे पैमाना थमा दिया

बनाकर किसी और को अपना

मुझे बेगाना बना दिया

उसकी वफा का......

वो होठों से पिलाती रही

जाम पर जाम मुझे

उसे मयखाना थमा दिया

मयकशी की हालत मे छोडा मुझे

उसे मस्ताना बना दिया

उसकी वफा का......

किसकी वफा पर हम यकीन करें

दोनों ही अपने अजीज हैं

तुम यूं ही सलावत रहो

लो यारो आज मैं तुम्हारी

इस दुनियॉ से चला

उसकी वफा का......

———•———

17

गांव की गलियां खुदने लगी हैं

सीने पर चोली मेरे कसने लगी है

साझ सबेरे मेरे आते उल्हाने

मम्मी भी घर पर तंग करने लगी है

गाव की गलिया......

सीरी सीरी ब्यार मेरा योवन छूने लगी है

नन्नी नन्नी बुदिंया भी चुभने लगी है

ये कैसा खुमार छाया समझ न आया

होश जवानी अब खोने लगी है

मन मेरा बेकाबू होने लगा है

गांव की गलिया......

घर के दुआरे और पिछबारे

फिरते है लडके मारे मारे

नजरों ही नजरों से करते इशारे

कोई नाम लेकर हल्के से पुकारे

मिलते ही नजरें वो आँख मारे

गाँव की गलिया......

18

पल पल बीते मेरी जवानी

पल पल आये ऋतु मस्तानी

पल दो पल का साथ निभाले

पल दो पल तू प्यार जताले

पल ही पल में सदियां गुजरी

पल दो पल कभी ना गुजरे

पल पल आये मस्त जवानी

पल पल बैरिन ऋतु दीवानी

पल मे पापी जियरा हो गया

पल मे पापिन भई जवानी

पल ही पल मे योवन ढल गया

पल ही पल मे गई जवानी

पल ही पल मे बचपन गुजरा

पल ही पल मे भई सियानी

पल ही पल मे आया बुढापा

पल ही पल मे गुजरी जवानी

पल दो पल का साथ सदां है

पल दो पल गुजरे ना गुजरे

सदियां गुजरी हम भी गुजरे

पल दो पल कभी ना गुजरे

———◆———

19

ये गरम जवानी रे ...

हाय... बडी है सुहानी

दिल को भाये रे ऽऽऽ

हाय ... मस्त जवानी

ये गरम जवानी रे ...

नैन है नशीले मेरे ऽऽऽ

कातिल मेरी जवानी

होठों से पिला दे बाबू ... २

हाय ... ये मस्त जवानी

ये गरम जवानी रे ...

शोला वदन मेरा ऽऽऽ

चल हठ परवाने

मुझको जलाये रे ... २

हाय ... साँसों की चिंगारी

ये गरम जवानी रे ...

नागिन सी चाल मेरी ऽऽऽ

अंखिया कजरारी

इतराती इठलाती रे ... २

हाय ... बल खाती जवानी

ये गरम जवानी रे ...

20

तन्हा तन्हा दिल है

जीना मुशिकल है

कितने हसीन नजारे

कितना हसीन पल है

तन्हा तन्हा दिल है ......

ये पल दो पल की बाते

गुजरते हुये दिन और राते

बहुत याद आती है

एक पल की मुलाकातें

भटकता रहता है दिल

तरसती रहती है आखें

एक नजर देखने के लिऐ

थमती नही है ये आखैं

तन्हा तन्हा दिल है ......

आपकी सूरत और आपके जज्बात

रहते है दिल मे बनकर सौगात

डर लगा रहता है चुरा न ले कोई

हमसे यादौं की बारात

टोलियां नजर आती है यहां

हर एक डोली के साथ

जनाजा उठ न जाये कहीं मेरा

तुम्हारी डोली के साथ

तन्हा तन्हा दिल है ......

———◆———

21

ओके ओके ... ओके ओके ...

ओके ओके ... ओके ओके ...

हम तो चले अपनी गली

धुन अपनी मंजिल अपनी

टाटा बाय बाय ... टाटा बाय बाय

ओके ओके ...

मैं मनचली चली अपनी गली

धुन अपनी मंजिल अपनी

टाटा बाय बाय ... २

तुम जा रहे हो हम को सता रहे हो

पूछो मेरे दिल से क्यो मुस्करा रहे हो

बस एक रात रूक जाओ कहीं मत जाओ

प्लीज मान जाओ कल नजर मत आओ

टाटा बाय बाय ... २

ओके ओके ...

खामोसियां बता रही हैं राज दिल का गहरा है

दुनियां बतायेगी तुमको जख्म कितना गहरा है

आना जाना तो लगा रहेगा रिस्ता जो पुराना है

रात गुजरते ही कल फिर आना है

टाटा बाय बाय ... २

ओके ओके ...

एक पल गले लगा ले होठों का जाम पिला दे

फिर धुन अपनी मंजिल अपनी

टाटा बाय बाय ... २

ओके ओके ...

22

बक्त के आवेश मे होश खुद के खोने लगे

बेशुमार हुश्न की दौलत से कदम फिसलने लगे

बक्त के आवेश मे......

मुश्गुल बैठे यहॉ सभी पीकर उल्फत का जाम

बहक न जायें हम कहीं रब की फैली प्रीति से

आशिकों की होड मे बंध न जाऊं सासों की डोर से

चुरा न ले कोई हमें इश्क के जोर से

बक्त के आवेश मे......

ये कैसा आवेश है खुद ही बहकने लगे कदम

थाम ले बाहें कोई होश उडने लगे

ये कैसी बियार है जिंदगी के मोड में

सरगमों के साज से रगों की बरसात होने लगी

बक्त के आवेश मे......

बक्त को पलट कर जीने की चाहत बडने लगी

उनके साथ धडकने को दिल मचलने लगा

चाह कर भी हम दूर तुमसे न जा सके

लो आ गये पास हम बॉध लो इश्क की जंजीर से

बक्त के आवेश मे......

23

जिंदगी की दास्ता को हम समझ न पाये

चाह कर भी हम ऽऽऽ मर न पाये

दम घुट रहा है २

दिल का दर्द सीने मे छुपाते छुपाते

वो मुस्कराते है जिसे हम बताते

जिंदगी की दास्ता को......

यकीन किस पर करें खुद पर भरोसा नहीं

थामें दामन किसका कोई अपना नहीं

गम हमको मिले है प्यार जताते जताते

जिनसे हम प्यार का इजहार करते

जिंदगी की दास्ता को......

क्या किसको कहैं कोई सुनता नहीं

जानते है वो मगर पहचानते नहीं

सदियां गुजारी है हमने अपना बनाते बनाते

वो भूल जाते है जिसे हम अपना बनाते

जिंदगी की दास्ता को......

———◆———

24

तोहरे दर्शन को तरस गये

मोरे नयन सखी रे

देखत देखत राह तेरी

सुबह से हो गई शाम सखी रे

देखत देखत राह तेरी

तोहरे दर्शन को तरस ......

शाम ढले नीर ढहे

नयना हो गये झरने

नीर वहे तरवनि छुऐ

सारे तन पर ढल ढल जाऐ सखी रे

देखत देखत राह तेरी

सुबह से हो गई शाम सखी रे

तोहरे दर्शन को तरस ......

एक राह को छोड चौराहे पर बैठूं

हर एक राह में तुझको देखूं

राह न गुजरे राही गुजरे

राह खत्म नहीं होय

सखी रे देखत देखत राह तेरी

सुबह से हो गई शाम सखी रे

तोहरे दर्शन को तरस ......

भटकत नयन बाबरे

तरसत तोहरे दर्शन को

मोरे दिल पर राज करत वो

क्यो मुझको तडपाय

सखी रे देखत देखत राह तेरी

सुबह से हो गई शाम सखी रे

तोहरे दर्शन को तरस ......

———•———

25

ये छलकता हुआ जाम

तेरे होठों का पैमाना है

दुनियां शराबी कहती है हमें
ये लव तेरे मयखाना है

सभी स्वरों से स्वर बना है
सभी मर्दों से मधुशाला
गाने वालो स्वर में गाये

पीने वाला मधुशाला

सभी स्वरों से स्वर...

स्वर की कोकिला गूजे तराना

मेरी गूजे मधुशाला

लगी हो महफिल सात स्वरों की

वहा बन जाये मधुशाला

सभी स्वरों से स्वर...

शाला शालाओं की क्या गिनती

हर शाला हो मधुशाला

हुश्न की मलिका जाम पिलाये

बना कर लव को मद का प्याला

सभी स्वरों से स्वर...

ये शवाब तेरा शराबी जालिम

होठ बने मद का प्याला

नशा है तेरी नस नस में

पिला दे सारी मधुशाला

सभी स्वरों से स्वर...

———◆———

26

ये चॉद सितारे तुम भी गबाह थे

खामोश बहारो तुम भी गबाह थी

न हम होश में थे न वो होश थे

एक दूसरे के आगोश मे थे

ये चॉद सितारे ......

छट पटा रहे थे जैसे पानी बिन मछली

एक दूसरे को सॅभाल रहे थे

प्यासा था योवन प्यासी जवानी

मिलकर बुझानी थी सदियों की बेचैनी

वो किसकी नजर थी तुम ही कुछ बताओ

समय था साक्षी न हमसे कुछ छुपाओ

ये चॉद सितारे ......

प्यार में कैसी है ये भूल भुलैया

क्यो दूर हो गये तुम मेरे सैया

चाहा था तुमने मुस्कराना हमारा

आज रूलाकर क्यो छोडी मेरी बैयां

पूछू मे तुमसे खामोश क्यो हो

कोई एक भूल तो हमारी बताओ

ये चॉद सितारे ......

27

मोजों के दरिया में बहने देना

राह किनारे की तुम मत लेना

उमडे जवानी कातिल दिवानी

भंवर मे इसको जाने न देना

मौजों के दरिया में......

प्यार के लम्हे गाये तराना

राग स्वरों का सुनने देना

दाल गलाऊं दिल को जलाकर

बाहों मे आकर गलने देना

आग लगी है तन मन में मेरे

फैलाकर जुल्फें बुझने न देना

दरिया की लहरों में बाहों की कस्ती है

मस्ती से इसको बहने देना

मौजों के दरिया में......

ले चल दरिया रोकना न हमको

सागर के आंचल मे जाने देना

खेलेंगे हम तुम सागर के तल में

हजारो गोते खाने देना

होठों को तुम हमसे ना चुराना

पागल हुआ हूॅ मैं तेरा दीवाना

प्यास लगी है सदियौं से हमको

सासों मे उतर कर पीने देना

मौजों के दरिया में......

28

नागिन सी चाल तेरी अखियां कजरारी

काहे को डोरे डाले ओ मतवाली

देखने मे तू लल्लू है उल्लू बडा सयाना

टकटकी लगाकर क्या देखे दिल मतवाला

नागिन सी चाल तेरी......

देखने मे तू लल्लू है......

गोरी गोरी चमडी तेरी लाल लाल गाल है

ऑखों मे है गुस्सा तेरे होठों पर पैगाम है

दिल की लगी न देखो जालिम उठती लपटें आग की

क्यो परवाना बन कर आया भडके शोले आग के

नागिन सी चाल तेरी......

देखने मे तू लल्लू है......

साथ सदा से है हमारा इस भडकीली आग से

खुद को जला दॅू इन शोलों मे है तमन्ना काल से

कैसी है ये प्रीत तुम्हारी जीना सदां सुहाना

प्रेम नगर की छोडो डगर तुम प्यार बडा दीवाना

नागिन सी चाल तेरी......

देखने मे तू लल्लू है......

करती है रोशन दुनियॉ को प्यार की एक चिंगारी

खुद को जला दॅू इन शोलों मे यही है प्रीत हमारी

नागिन सी चाल तेरी......

देखने मे तू लल्लू है......

29

है कोई जो मेरे दिल को चुराता है

चोरी चोरी वो मेरे ख्वावों में आता है

है कोई जो मेरे दिल को चुराता है

चोरी चोरी वो मेरे ख्वावों में आता है

चुरा लेता वो मेरी रातों की निंदिया

जाने वो चित्तचोर कहॉ रहता है

किसको बतायें हाल इस दिल का

हर धडकन का हाल बुरा होता है

है कोई जो मेरे दिल को चुराता है

चोरी चोरी वो मेरे ख्वावों में आता है

तेरी चाहत का ये कैसा जुनून है

हर तरफ तेरी नजरों का सुरूर है

सासों से उतर कर दिल मे बसी हो

फिर इस नजर का क्या कसूर है

है कोई जो मेरे दिल को चुराता है

चोरी चोरी वो मेरे ख्वावों में आता है

पिया पिया बोले मेरा मतवाला जिया

संभाले ना संभले दिल को क्या हुआ

आती है वहारें महकता है योवन

आकर सॅभालो हमको ये क्या हुआ

है कोई जो मेरे दिल को चुराता है

चोरी चोरी वो मेरे ख्वावों में आता है

———◆———

30

प्यार तो अजीज था खार ही नसीव था

नसीव से क्या गिला खार ही नसीव था

प्यार तो अजीज था.........

दो पहाडों के बीच एक खाई की तरह

थे अनजान हम दो राही की तरह

खार को भुलाकर प्यार का रूप देकर

हमने नसीव बदला था वस एक होकर

प्यार तो अजीज था.........

वो किसकी नजर थी जो हम पर पडी

कवाव मे आकर वो हड्डी बनी

थी छोटी सी दुनियाँ मेरी प्यार भरी

पल भर में छीनी मेरी लाखों खुशी

प्यार तो अजीज था.........

किसी से क्या गिला धोखा अपनों ने किया

जिसको हद से ज्यादा प्यार किया

हे मेरे हमदम तुम वेवफा तो नही

मेरी किस्मत मे तेरी वफाई लिखा ही नही

फिर इस जहां ने क्यो तुम्हें बेवफा कहा

मेरी किस्मत मे तेरी बफाई लिखा ही नही

प्यार तो अजीज था ....

31

आखों मे आशा की किरन होती है

जो मन मंदिर की ज्योती होती है

रहती है सदां कदमों तले......

जो हर राह पर निशान छोडती है

ऑखों मे आशा की......

रोशन होते है जब कदमों के निशान

तो हर कदम पर राह नजर आती है

आशा एक सितारा है निराशा उसका आधार

अंधेरे के ऊपर है उजाले का प्रभाव

अगर अंधेरा न होता तो उजाले का क्या बजूद

इंसानियत के बिना इंसान का क्या बजूद

कीचड में भी कमल का अपना बजूद होता है

जिंदगी जीने का अपना अपना ढंग होता है

वो पल भर साथ निभाता है जिस पर यकीन होता है

अनजान राह पर अकेला छोडकर चला जाता है

सोचता हूॅ अगर वो न होते तो हम निराधार होते

इस जिंदगी के सफर में हम बेकार होते

ऑखों मे आशा की...........

———◆———

32

नजरों से नजरें मिलाकर

पलकों का झपकना छोड दो

तुम मेरे दिल मे रहकर

यू मचलना छोड दो

नजरों से नजरें मिलाकर ...

अगर यकीन है मेरी वफा पर

तो कसमें खाना छोड दो

कर भरोसा प्यार पर

नजरें चुराना छोड दो

नजरों से नजरें मिलाकर ...

ये चमन साक्षी है प्यार मे

बहाना बनाना छोड दो

एक पल की है जिंदगी

तुम पल पल जीना छोड दो

नजरों से नजरें मिलाकर ...

प्यार का है ये जहां

मोहब्बत करना सीख लो

दिल को चुराना छोड कर

दिल को देना सीख लो

नजरों से नजरें मिलाकर ...

33

खामोश चमन को चीरती है ये आहट

क्यो...... इस दिल मे खटकती है

तेरे कदमों की आहट

खामोश चमन को चीरती है ....

ये चहरा मुस्कराता हुआ आज खामोश क्यो है

मडराते हुऐ बादल आज खामोश क्यो है

खामोशियॉ टूटती थी खिलखिलाने से तुम्हारे

आज इस दिल का हाल बेहाल क्यो है

खामोश चमन को चीरती है ....

ये कैसी मुहबत कैसी वफा है

जो रहते थे दिल में आज क्यो जुदा है

ये बीच की दूरी पल पल सताती हमें

तन्हाइयो में रूलाती है हमें

खामोश चमन को चीरती है ....

जीते है हम ...... ये जिंदगी है तुम्हारी

कभी तो कम होगी हमारे बीच की दूरी

हंस कर गुजारू मै सदियो पर सदियां

कभी ना कोई शिकायत रहेगी हमारी

खामोश चमन को चीरती है ....

———◆———

34

ये खत है उसके नाम

जो दिल मे रहते है खुले आम

होठों पर रहता है नाम उसका

जो दिल मे करते है मुकाम

ये खत है उसके नाम ...

ये खत है खजाना प्यार का

ऐतवार का इकरार का

कितना प्यार छुपाया इसमे

ऐतवार मे इजहार मे

खत मे छुपाये है हमने

अस्कों के मोती

दिल का सकून

होठों की मुस्कान

तेरे प्यार में तेरे...

ये खत है उसके नाम ...

खत मे लिखा है एक संदेसा

जो धडकता है दिल मे हमेशा

हर धडकन का हाल लिखा है

तेरे दीदार मे इंतजर मे

खत मे छुपी है

सासों की सरगम

जो खनकती है कभी चूडी

कभी पायल बनकर

तेरे प्यार में तेरे...

ये खत है उसके नाम ...

यह क्या क्या लिखा है

हमें ना पता है

जो दिल ने चाहा

वस वही तो लिखा है

तेरे प्यार में तेरे...

ये खत है उसके नाम ...

———◆———

35

जब से हुआ है अलगाव हमारा

बिरह की पीडा ने हमको मारा

भावुकता में दिल को गंमाया

अचेत हुआ है गात हमारा

जब से हुआ है ...

झपकी लगी थी अनिद्रा में हमारी

अभागिन भई है ये दुनिया सारी

वहाना बना कर हमको छला है

प्यार में धोखा हमसे किया है

ये कैसा खेल किस्मत ने खेला

जब से हुआ है ...

बिलोपन हुआ है मुहबत मे कैसा

कुचकृ रचा है बक्त ने कैसा

कुसंगत में आकर तुमने न सोचा

दिल की लगी का फसाना है कैसा

खेल किस्मत का हमने न जाना

जब से हुआ है ...

सह लेंगे हम हर दर्द को तुम्हारे

इस बेकरारी ने जीते जी मारा

कभी ना शिकायत हम तुमसे करेंगे

इस तन्हाई से दिल हारा

शायद किस्मत को यही है गवारा

जब से हुआ है ...

36

हाल वही चाल वही मिल जाये जो माल

तो हो जाये माला माल कम ऑन ऐवरी वडी

आओ ना ... ... मिल जाये जो माल

हो जाये माला माल

हाल वही चाल वही ......

जाम तो क्या ... मैं तन दे दूं

इस महफिल में ... रंग भर दूं

बस हो जाये ... एक बार

आ जाये ... गॉधी छाप

कम ऑन ... लाओ ना

फिर देखो ... कमाल

मचा दूँ ...   धमाल

बस

हो जाये... एक बार

कम ऑन ...   लाओ ना

हो जाये माला माल

हाल वही चाल वही...

हाथ न पकडो ... सीने से लगा लो

जाम न चूमो ... गले मे उतारो

थामे जो ...   एक बार

कर दूँ मैं ...   बेडा पार

करो ना विचार ... निकालो माल

कम ऑन ...   लाओ ना

चहरा न देखो ... दिल को देखो

आ जाओ ...   दिलदार

हो जाये माला माल

हाल वही चाल वही ...

———•———

37

बबली ... तू बिल्कुल ना बदली

पगली तू पागल मै दिवाना तेरा

करती है क्यो घायल नजरों से

आशिक हू मैं सदियो पुराना तेरा

भबली... तू पगली मै पागल ...

बबली ... तू बिल्कुल ...

कब से पडा हू मै तेरे पीछे

अपना बनाने प्यार जताने

समझे ना तू दिल के इशारे

बातें बनाकर हमें उल्झाकर

और मुस्कराकर तुम चले

बबली ओ बबली ... पगली

मैं पागल ... पागल... दिवाना तेरा

बबली ... तू बिल्कुल ...

कब से खडा हूँ मै फैलाकर वाहे

समझो ना तुम दिल की बातें

नखरे पुराने तेरे कितने सुहाने

करते इशारे ये तू ना जाने

मान भी जाओ अब ना सताओ

आओ आओ आ भी जाओ

प्लीज रूक जाओ मान भी जाओ

बबली ... तू बिल्कुल ...

38

शायद मेरी किस्मत को यही अजीज था

जिसे अपना समझा वो बेगाना समझकर चला गया

खता वस इतनी थी कि दिल उनसे लगाया

दिल से दिल की कहानी बनी उसे दिल ने गवाया

शायद मेरी किस्मत को ......

एक बीरान गुलिस्तां में कोई गुल खिलने को था

कली बनने को थी एक भंवरे ने उसे लपका

मतवाला मडराता गुनगुनाता राग छोडता गया

मदहोश होकर वेवसी मे वो कली खिलने लगी

शायद मेरी किस्मत को ......

जिसको हमने दिल से चाहा वो फूल बनकर

किसी और के घर का आंगन सजाने लगी

आज ये समझ मे आया दिल की लगी बुरी होती है

ये मुहबत कसम से बडी बदनसीव होती है

शायद मेरी किस्मत को ......

प्यार मे चैन खोता है तो कभी सकून मिलता है

जिंदगी की राह मे कोई रोता है तो कोई हसता है

मोहब्बत की खूबसूरत राहें पल मे वेखबर हो जाती है

एक दर्द भरी कहानी बनकर दिल मे रह जाती है

शायद मेरी किस्मत को ......

39

याद उनकी आते ही

गुजरा जमाना याद आता है

तेरे हर फसाने पर

मुस्कराना याद आता है

मेरी जिंदगी एक साज बन कर रह गई

इसकी आबाज लेकर तुम कहॉ चले गये

मेरी जिंदगी एक साज ...

ओ मेरे हम सफर हम नसीब ये तो बता

क्या खता थी मेरी सजा किसकी मिली

गुलशन सी महकती थी मेरी दुनिया

इसकी आबाज लेकर तुम कहॉ चले गये

मेरी जिंदगी एक साज ...

आज तेरे बिन जिंदगी का हर साज अधूरा है

शदिया गुजारी है हमने साथ चलते चलते

आज तेरे बिन जिंदगी का सफर सूना है

मेरे दिल का करार लेकर तुम कहॉ चले गये

मेरी जिंदगी एक साज ...

जिंदगी का ताल मेल खोने लगा है

तू मिलने को भी दुश्वार होने लगा है

इन हवाओं मे उडती हर घटाओ की

फिजाओ को लेकर तुम कहां चले गये

मेरी जिंदगी एक साज ...

40

लाखों आहुतियां लेकर तुमने
मंदिर मस्जिद गुरूद्वारा बना लिया
इसके अंदर अपने अपने
ईश्वर रहीम करीम को वसा लिया
ये लाशों से लथपथ महल
जो आपने बनाया है
क्या तेरा खुदा रहमान भगवान
इसमे एक पल रह पायेगा
तुमने हड्डियों का बनाया ढांचा
इसमे भरा मांस का खांचा
खून की कीनी तलाई

ये कैसी मंदिर मस्जिद बनाई

अपने अपने देवताओं के प्रति

दिल मे प्यार जगाओ

मंदिर मस्जिद चर्च गुरूद्वारा

अपने दिल मे बनाओ

जब तेरे मन मंदिर मे

तेरा भगवान जाग जयेगा

मंदिर मस्जिद गुरूद्वारा क्या है

ये सब जान जयेगा

मंदिर मस्जिद का झगडा छोडो

सब से प्यार का नाता जोडो

क्या हिंदू मुस्लिम सिख इसाई

सब तेरी तरह इंसान है भाई

———◆———

41

तेरे गजरे की खुशबू से महकता है चमन

इन जुल्फों की बदरी से भीगता है मन

तेरे गजरे की खुश्वू से ...

इन वहते हुऐ अस्कों से कह दो

वहा कर हमें भी ले चले कही

दहकते हुऐ हुस्न के शोलों से कह दो

जलाकर अपने मे समां ले कोई

ये कैसी इस दिल की लगी है

इसे क्या कहूं लगती दिल्लगी है

ये दिल दिल की लगी को जाने ना

तेरे गजरे की खुश्वू से ...

लो दिल मे अरमान सजने लगे

मौत भी आज लगी झूमने

यस आज नहीं तो कल

आयेगा वो हसीन एक पल

हमने किया है उसका इंतजार

ये दिल है जिसके लिये बेकरार

ये दिल है दिल की माने ना

तेरे गजरे की खुश्बू से ...

ये कैसा प्यार का सुरूर है

दिल आपके करीब है

जो अब तक था पास मेरे

वो अब आपके करीब है

सरगम छोडती एक सांस मे

ये कैसी मधुर आवाज है

तपता है क्यों जिस्म मेरा

ये दिल है दिल की माने ना

तेरे गजरे की खुश्बू से ...

———◆———

42

पहले तो यह दिल खुद ही संभलता

अब यह हमसे संभाले न संभलता

कैसे संभालू अब इस दिल को

अब ये हमसे संभाले न संभलता

पहले तो यह दिल ...

कैसा है ये योवन जवानी हमारी

बिन आये मेहमान बुलाती जवानी

न करार आता है अब इस दिल को

बेकरार करती है हर रात सुहानी

पहले तो यह दिल ...

प्यार का ये कैसा चस्का लगा है

रोम रोम भी अब खिलने लगा है

उर्म का ये कौन सा पडाव है

अब ठहराव सा होने लगा है

पहले तो यह दिल ...

कभी खुसी कभी गम न थे किसी से कम

यार सब हमने सहा अब कुछ ना रहा

तुमने तो बस जो चाहा वही तो किया

हमको चाहत का अहसास न होने दिया

पहले तो यह दिल ...

———◆———

43

हमने देखा मोहब्बत का साज

न मोहब्बत मिली न गम का राज

यही सोचता रहा ख्वावो मे खोया हुआ

कोई तो हमे बता दे जरा

मोहब्बत का कैसे यह हाल हुआ

मेरा प्यार कैसे बदनाम हुआ

हमने देखा मोहब्बत......

हमने सुना है अक्सर यही होता है प्यार मे

कभी हसता है दिल कभी रोता है प्यार मे

सोचता रहता हू तन्हाइयों मे सदा

खता किसकी थी सजा किसको मिली

प्यार मे ऐतवार मे सनम तेरे इकरार मे

हमने देखा मोहब्बत......

जितना हमने चाहा उनको उतना हमे जलाया

बदनामियों से डरता था दिल हमने उसको समझाया

खामोश रहा खुसी के लिए कभी हसाया कभी रूलाया

चाहत है कैसी हमने न देखी क्यो दिल उनसे लगाया

सनम तेरे प्यार मे मै कुछ समझ न पाया

हमने देखा मोहब्बत......

हम तुमको क्या कहें तुम ही कुछ बताओ

खामोश नजरों से हमें कुछ तो समझाओ

क्या यही जिंदगी है जो तुमने हमको दी है

उस जिंदगी को सलाम जो तुमने हमको दी है

तुम पर किया है भरोसा तेरे प्यार मे

हमने देखा मोहब्बत......

44

जब प्यार का तूफान हो दिल के अंदर

तो मोहब्बत का जुनून बड जाता है

मचलता है सागर सासों मे तो

प्यार का रूप निखर जाता है

निखार होता है जवानी मे

मुलाकातों का शिलशिला बडता है

हर दिल के अंदर एक

प्यार का शोला भडकता है

ये मद मस्त पवन के झोके

आग जवानी की बडाते है

ये मडराते हुऐ बादल

घायल जवानी को बनाते है

ये भीगी भीगी नागीन सी लटें

जब बदन से टकराती है

तो घर्षण ऐसा होता है कि

जिस्म मे बिजली सी कोंद जाती है

जब दिल घबडाता है तो

पास उनको बुलाता हूॅ

फिर सीने से लगा वाहीं मे जकड

उनकी सॉसो मे खो जाता हूॅ

45

छुप छुप कर प्यार करने से क्या फायदा

छुप छुप कर आहें भरने से क्या फायदा

इधर छुपकर हम तडपें उधर छुपकर तुम तडपो

इस कदर छुप छुपकर तडपने से क्या फायदा

छुप छुप कर प्यार करने ......

सात स्वरों से बना है प्यार का तराना

हर स्वर से ताल मिलाने मे क्या गिला है

प्यार का तराना छुपकर गुन गुनाने से क्या फायदा

यू छुप छुपकर दिल लगाने से क्या फायदा

छुप छुप कर प्यार करने ......

जब चंदा ने चॉदनी को छुपाया नही

वहारों ने खुशबू को चुराया नही

इश्क है समुंदर छुपकर डूबने से क्या फायदा

यूँ छुप छुपकर दिल बहलाने से क्या फायदा

छुप छुप कर प्यार करने ......

मुहबत गवाह है प्यार ही खुदा है

खुदा की खुदाई अगर मोहबत है

तो फिर इस जुदाई से क्या फायदा

यूँ छुप छुपकर ऑसू बहाने से क्या फायदा

छुप छुप कर प्यार करने ......

46

न जाने ये क्या हो रहा है

न जाने दिल क्यो मचल रहा है

खो रही है सुध बुध सारी

पानी सिर से गुजर रहा है

न जाने ये क्या ......

ये नजर अब तू ही बता क्या देखा तुमने उसमे

लाखो लोग गुजरते है वो भी तो था उनमे

फिर न जाने क्यो उसके लिए बेकरार होने लगा है

ये कैसा सुरूर है जो हद के पार होने लगा है

इसको क्या कहै लगता है प्यार होने लगा है

ना जाने क्या ये ......

पहली नजर मे ये क्या से क्या होने लगा है

अभी तो यहीं था अब न जाने कहॅा खोने लगा है

शर्मो हया अब जाने लगी है बेशर्मी सी छाने लगी है

मचलने लगी है अॅगडाइयॉ छा रही है मदहोशियॉं

ये कैसा नशा सा छाने लगा है क्या यही प्यार है

ना जाने क्या ये ......

यह चाहत है कैसी न हमने कभी ऐसी देखी

एक मुलाकात को दिल बेकरार होने लगा है

बड रही है तन्हाइयॉ खिज रही है रूसवाइया

कैसे हम उनको बताये हमें इशक होने लगा है

हल्का हल्का सा सुरूर है दिल पर छाने लगा है

ना जाने ये क्या ......

47

नई सदी का नया चॉद है

नई सुवह है होने को

नया रूप है नया रंग है

नई जवानी होने दो

नई सदी का नया ...

नई सदी की नई रात है

नन्नी कलियां खिलने दो

खेलने दो इनसे हमको

नये फूल को खिलने दो

नया है योवन नई जवानी

ना ना ना ना कुछ करने दो

कली से अब फूल बनो तुम

हमे अपने दिल मे रहने दो

नई सदी का नया ...

दे दो प्यार का आँचल हमको

अब इस दिल मे रहने दो

प्यासा सावन प्यासा योवन

दिल की प्यास बुझाने दो

ना ना ना ना करना अब तुम

इस ना ना ना को रहने दो

दिल से खेलो अब तुम दिल से

हमे इस दिल मे रहने दो

नई सदी का नया ...

48

है कोई जो सुन सके

दिले – दर्द – मंन्द

कदम कदम है उफबन मे

आहें भर कर रह गये हम

है कोई जो ......

हम रोयें तो हंसे जमाना

कैसी है प्रीत जहां की

ना कोई है खितरमंद

पूछ सके जो रूदादे – गम

है कोई जो ......

राजे – दिल का बताये किसको

रूसवाइयो ने घेरा हमको

रहमत जो हो जाये तेरी

तुम पर हो जाये मदहोश

है कोई जो ......

यार मेरी मैय्यत सजबाले

मयकशों के कर दे हवाले

हम है तलबगार तुम्हारे

रूह से होगी शबे — फिराक

है कोई जो ...

———◆———

49

तुम जाम पर जाम पिलाते रहे

फिर भी मै प्यासा का प्यासा रहा

एक बूद की थी प्यास मेरी

तुम सागर पर सागर पिलाते रहे

तुम जाम पर जाम ……

जितनी प्यास बुझाई हमने

उतनी प्यास बडाई तुमने

तेरी एक एक अदा ने हमें

सारा मयखाना पिला दिया

तुम जाम पर जाम ……

वो कातिल अदा और ये नशा

करता है घायल वो कारवा

दिल को खूव भाये तुम मुस्कराये

प्यासे इन नयनों की प्यास बुझाये

तुम जाम पर जाम ......

वो हसीन मंजर तुम ही से है

जिंदगी का दर्पण तू ही तो है

क्यो शर्माये नजरें चुराये

एक बूद सदियो की प्यास बुझाये

तुम जाम पर जाम ......

50

मस्त चेहरे पर

धीमी सी मुस्कान

दिल कह रहा है

आज की है रंगीन शाम

मस्त चेहरे पर ......

मस्त जवानी के जल्वे

निगाहों मे तेरी

इन अदाओं मे वसे है

चॉदनी के उजाले

मस्त चेहरे पर......

जुल्फों का साया

छाया गगन पर

इन ऑखो मे बसे है

अस्कों के झरने

मस्त चेहरे पर ......

ये मस्तानी शाम है

लवो को चूमते जाम है

तन्हाई का आलम

तन्हां हम है तन्हां तुम हो

मस्त चेहरे पर ......

51

खुदा की कसम क्या कयामत आई है

नूर की बारात लेकर आज की रात आई है

....

आज की रात कयामत की रात है

बरसात भरी अंधेरी तूफानी की रात है

आज की रात ......

आज की रात कोई सितारा तो होगा

जो हमारी नजरों से किनारा किये होगा

कही नजर न लग जाये सितारों की तुमको

वस इसलिऐ किनारा किये होगा

आज की रात ......

हमको जरूरत है वस एक तुम्हारी

फैलाओ वाहें हमे खुद मे समालो

छा जाओ हम पर न इस कदर देखो

सभाले हमको तुम्हारा जी चाहे जैसे

आज की रात ......

आज न कोई बहाना चलेगा

न उल्झाओ बातों मे हमको सनम

इरादा तुम्हारा अच्छा नजर नही आता

दिल है कि तुम पर आकर रूक जाता

आज की रात ......

सुहाना है मौसम आज बरसात का

भीगे है चोली तेरी टपके लट प्यारी

टपकती इन जुल्फों से तुमको निला दूगी

आ जाओ पास मेरे दिल मे वसा लूगी

आज की रात ......

———◆———

52

तू पर्दा उठा जरा झलक दिखा

यू न शर्मा जरा पलक उठा

मिलने दो प्यासे नयनो को

ना पलक झपा ना पलक झपा

तू पर्दा उठा ......

ये चितवन मेरी चित्तचोर चोर

अब मत कर तू जोर जोर

आ पास मेरे तू दूर न जा

ना नजर मिला ना नजर झपा

तू पर्दा उठा ......

ये ना ना ना ना छोडो जरा

अब इस दिल का हाल बता

बीत रही क्या तेरे सीने मे

हर धडकन का हाल सुना

तू पर्दा उठा   ......

धक धक धक धक जियरा धडके

जेसे नीर बिन मछली तडपे

आ पास मेरे सीने से लगा लू

अब इस दिल का हाल सुना

तू पर्दा उठा   ......

———◆———

53

जब आंख मीचू तो तुमसे दीदार होता है

बेरूखी मे सनम तुमसे प्यार होता है

जब आंख मीचू तो ......

सुहाना है मौसम बलखाती अंगडाइया

पास रहती है सदा तेरी परछाइया

जाम चूमता हू तो तुमसे दीदार होता है

मदहोशी के आलम मे तुमसे प्यार होता है

जब आंख मीचू तो ......

बक्त के पैमाने मे धडकती है धडकनें

समां लेती है आप मे चादर की सिलबटें

वेरूखी के चमन मे भी वहार आती है

अंधेरी रात मे भी चॉदनी की झलक आती है

जब आंख मीचू तो ......

नजर से नजर का ये नजराना कैसा

फिसल जाये नजर तो निशान कैसा

बस उसी की तलाश है जो अपना बना ले

जो मिटाकर दूरी अपने मे समां ले

जब आंख मीचू तो ......

———◆———

54

दिन के उजाले से दिल डरने लगा तो

निशा की कालिमां ने हमको संभाला

कैसे भूलू मै इन अंधेरी रातों को

तडपते हुऐ दिल को इसने संभाला

दिन के उजाले से ......

दिन भर की भाग दौड से

थक जता है ये सारा जहां

समा लेती है अपने आप मे

जुल्फों की काली घटा

जब आखें थकान से झुक जाती है

पलकें बोझल सी हो जाती है

सामने नजर आती है

अंधेरा साथ मे लिऐ निशा

दिन के उजाले से ......

निशा के साये मे सारे जहां को पाया

उम्मीद से ज्यादा सकून पाया

मस्ती का आलम है निशा

इसके होठों पर मदहोशिया

चॉदनी की वहारें इससे आई

सारे सितारे इसमे समाये

शवनम की हर बूॅद मे

निशा का प्यार पाया

दिन के उजाले से ......

55

हाय ये कैसी जिंदगानी है

जिंदगी बन गई एक कहानी है

एक दुखः भरी कहानी है

यह दर्द बहुत पुरानी है

सहता रहता हू हर रोज इसे

यही जिंदगी की कहानी है

हाय ये कैसी ......

सजती है जब महफिल मेरी

तो चार चॉद नजर आते है

नाचती हू भरी महफिल मे

तो जाम से जाम टकराते है

बरसती है दौलत घटा बनकर

तो वो मुस्कराते है

नसे मे चूर होकर पास मेरे आते

हम अपनी बेवसी पर आसू बहाते है

हाय ये कैसी ......

यही हर रोज की कहानी है

रोज इसे दोहरानी है

लोग बदलते महफिल मे

महफिल वही पुरानी है

भरी बोतल सजाती मधुशाला मे

खाली बोतल कवाडखाना मे

यह कैसा दस्तूर है जमाने का

जमाना दीवाना क्यो हुस्न वालों का

हाय ये कैसी ......

56

कितनी हसीन जिंदगी है

जिंदगी है तो हर खुसी तुम हो

तुम ना दिखो तो जान मेरी निकले

तुम छुप जाओ तो दम मेरा निकले

ये लुका छुपी का खेल छोडो

आ जाओ बाहों मे साथ मेरे खेलो

कितनी हसीन जिंदगी है ...

ऐसा भी मुझमें क्या रखा है

जिस पर ये दिल गवां रखा है

कुछ भी तो नही अब पास मेरे

सब कुछ तुम पर लुटा रखा है

ये मत पूछो क्या है तुझमे

जो नही है सारे चमन

आओ पास मेरे तुमको बताऊ

इन दो नयनो मे जहां छुपा रखा है

कितनी हसीन जिंदगी है ...

मै जानती हू पास बुलाने का वहाना है

इन होठों की पंखुडियों का दिल दिवाना है

महक रहा है सारा चमन

दिल लगाने का मौसम सुहाना है

बात क्या है तेरी आखों का इशारा किधर है

कोई कोंना नही है खाली हर तरफ नजारा है

यही आ जाओ खुला आसमां है

प्यास से तडपता सारा जहां है

कितनी हसीन जिंदगी है ...

57

कर लो प्यार सनम होकर मग्न

खुसियों से झूम रहा है तन और मन

कल किसने देखा आज का न कोई भरोसा

जिंदगी मे मिलना मिलकर बिछुडना

पल भर की जिंदगी है सदियौं क्या जीना

बन जाये न कल कोई नई कहानी

कर लो प्यार सनम ......

आज यहां कल न जाने कहां

होगा मिलन इस दुनियाॅ मे कहां

आज का दिन कितना सुहाना है

मस्ती मै झूम रहा दिल दिवाना है

दिल मे एक तूफान हिलोर ले रहा है

संभाले संभलता नही है यह मुकाम कैसा

पल भर की जिंदगी है सदियों पुरानी

बन जाये न कल कोई नई कहानी

कर लो प्यार सनम ......

तुम आशा हो आशाओं का सितारा

पल भर का साथ हो तो सदियों का गुजारा

जब दिल पुकारेगा तो आसमा को निहारूंगा

चमकते हुऐ सितारों से तुझे खोज निकालूंगा

बेवस होकर तुमको मेरे पास आना पडेगा

जब दिल से निकलेगी प्यार की कोई दास्ता

पल भर की जिंदगी है सदियों पुरानी

बन जाये न कल कोई नई कहानी

कर लो प्यार सनम ......

58

मेरा ख्वाव हो तुम मेरी आरजू हो
धडकती है दिल मे तुम वो सादगी हो
आये हो इस जहॉ मे मेरी जान बनकर
ख्वाव जो दिल मे बसे है वो आशिकी हो
मेरा ख्वाव हो तुम ......
एक तेरा प्यार मेरे सिर चढकर बोले
तेरे बिना हम दुनिया मे रहते है अकेले
तुम ही तो हो जो इस दिल मे रहते हो
प्यार के तराने मेरे होठों पर रहते है
मेरा ख्वाव हो तुम ......
दिल का दुलारा है तू दो नयनो का तारा

समाया है ऑखों मे रूखसार तुम्हारा

जहॉ तक पसारू मै नजरों को अपनी

इन वहारों मे समाया है चेहरा तुम्हारा

मेरा ख्वाव हो तुम ......

आज ये जवानी बन गई तेरी दिवानी

क्यो तडपाये हमको ये कैसी है नादानी

आओ पास मेरे बाजुओं मे समां लो

दहक रहे है शोले तुम हम को बचालो

मेरा ख्वाव हो तुम ......

59

हम जा रहे है कहां हम है कहां

इस भटकती राह की मंजिल है कहां

गुनगुनाता हुआ जा रहा है सारा जहां

इस भटकते जीवन की मंजिल है कहां

हम जा रहे है कहा ......

ये बीराना सा चमन कभी रोशन था

तेरी ऐक हसीं से ये गुलशन खिलता था

इन बहारो मे खुशबू रहती थी तुम्हारी

अब तुम्हारे बिन वो बहारें है कहां

तुम हो कहॉ वो कौन सा है जहां

मेरे दिल का सकून लेकर बैठे हो कहां

हम जा रहे है कहां ......

अपना तो शायद यही नसीव है

किस्मत मे मिलकर बिछुडना ही लिखा

मंजिल मेरी गुजरा हुआ अतीत है

हर राह मे शायद भटकना ही लिखा

मालूम होता अगर तेरा जहां आबाद है

बडा सुकून मिलता हमे कि हम आजाद है

हम जा रहे है कहां ......

———◆———

60

कास ये कविता मेरी होती

तो कल्पनाओं मे न खोजता

हर पल रहती साथ मेरे

इन निगाहों मे न खोजता

कास ये कविता ......

तेरी तस्वीर देखकर कुछ

कहने को जी चाहत है

आता है नाम लवों पर

वो नग्मा बन जाता है

हम इसे क्या कहें

तेरी सासों मे ऐक हसीन

समुंदर नजर आता है

कास ये कविता ......

दिल जो चाहता है

वो उनको मंजूर नहीं

रहते है सासों मे मेरी

नजरों से दूर नही

इस जाम को क्या कहू

छलकते हुऐ पैमाने मे तेरा

हसीन चहरा नजर आता है

कास ये कविता ......

तुझे ऐक नजर देख सकू

कंम्बख्त पलक थमते नही

सारे चिराग गुमशुम है

रोशन है प्यार की चिंगारी

इन अरमानों को क्या कहूं

दिल के तराने से तुम

निकलती ही नही

कास ये कविता ......

———◆———

61

ये नशा शराब का हाय चढता ही नहीं
तू पिला दे पिला दे जाम पर जाम हमें
मदहोशी का आलम छाता नही
ये नशा शराब का ......
ये गमों के साये बादल बन कर छाये
बरसे खूब जम कर जब अपने हुऐ पराये
इस शराब को देखता था नफरत की नजर से
आज इसी ने संभाला हमे गर्दिशों मे
ये नशा शराब का ......
ये साकी सखा बनकर समाई नस नस मे
हर तन्हाई मे साथ दिया गुरबते - दिल का

वेवफा ने सितम ढाया अस्क भी रूक न पाया

आहें भरता रहा दिल फिर मधुशाला नजर आया

ये नशा शराब का ......

अब तो ये प्याला ही मेरा प्यार बन गया

हर रहसना मे रूबरू है मधुशाला

तुमने क्या दिया रूसवाइयो के सिवा

कजायें भी आये तो लवों पर जाम हो

और इन होठों पर तेरा नाम हो

ये नशा शराब का ......

———◆———

62

ये दुनिया है गोल ... गोल बाबा गोल

इसमे है पोल ... पोल बाबा पोल

पोल मे जो घुस गया बज गया ढोल

ढोल बाबा ढोल ... ढोल बाबा ढोल

ये दुनिया है गोल ...

दुनिया मे उल्झने उल्झनों मे हम

फंस गये ऐसे ... हॅ हॅ बोलो कैसे

सांप के मुख मे फसी छछूंदर

निगल सके ना उगल सके

ये दुनिया के कैसे है बंधन

छोड सके ना निकल सके

ये दुनिया है गोल ...

पोली दुनिया पोला सागर

पोली धरती पोला अंम्बर

सब कुछ रह जाये इसके अंदर

ये राज न कोई जान सके

राज की बातें राज मे छोडो

राज किसी ने न पाया है

कौन है कितने पानी के अंदर

इसका भेद किसी ने न पाया है

ये दुनिया है गोल ...

बडे बडे संत सूरमा ज्ञानी

सबने हार मानी है

बीज गया गर्भ के अंदर

कैसे फूटा अंकुर

ये न किसी ने जानी है

वेद कुरान पुराण पडो तुम

हरि की लीला जानी है

पोला हरि लीला है पोली

पाला लिखने वाला है

करि करि कल्पना पोले पेन से

सब की पोलें लिख डाली है

ये दुनिया है गोल ...

प्यार है पोला इसका पार नही

सारी दुनियां मे छाया सुमार नही

प्यार से धरती समाये सबको

जो धरती का वासी है

हंस को धरती समां न पाये

वो स्वर्ग का वासी है

स्वर्ग न देखा आज किसी ने

करी ये कथनी काफी है

कहां से आया कहां को जाये

इसका भेद किसी ने न पाया है

ये दुनिया है गोल ...

———◆———

63

आली सखी कहना मानो मेरो तुम

काहे को निंदिया अखियों की खोबे

मीठी मीठी बतिया करती है सखियां

काहे ना सखी तू मुख से कुछ बोले

आली सखी कहना ......

नीर वहावे काहे तरवनि छुआवे

काहे को मनवा डग मग डोले

आस अधूरी होगी ऐक दिन पूरी

कौन ख्यालों मे रतिया तू खोबे

आली सखी कहना ......

कैसा रोग लगा तन मन मे मोरे

कोई तो इसकी मर्ज बता दो

कौन से ख्वाबो मे खोया हुआ हू

आली सखी कोई बैध बता दो

आली सखी कहना ......

दिल मतवाला भरता है आहें

समझाने से ये समझत ना है

अब इस दिल पर जोर नही है

आली सखी कोई जतन बता दे

आली सखी कहना ......

64

किसी की तलाश मे हम खो जाये तो गम नही

एक खुसी के लिए दम निकल जाये तो गम नही

....

प्यासा आया हूँ दर पर तेरे

मै प्यास ही सही

प्यासा ही चला जाऊगा मै

प्यासा ही सही

एक बूद की है प्यास मेरी

मै प्यासा ही सही

उसे तुम बुझा ना सकी

मै प्यासा ही सही

प्यासा आया हू ......

ऐसा तो हमने सोचा न था

न जाना कभी ऐसा होगा कभी

एक तुम ही तो हो

जिसे अपना समझा कभी

तुम मिलोगे इस कदर

हमें भूल जाओगे

मगर हर ऐक राह पर

हम तुमको ही नजर आयेगें

प्यासा आया हॅू ......

किस हाल मे खडा हू

पहचान तो सही

बक्त का मारा हू मैं

आज निहाल ही सही

दिवाना तुमने बनाया

ये कैसा खेल रचाया

समाई रहती थी वाहौं मे

आज प्यासा ही सही

प्यासा आया हू ......

65

बरसे नयना बादल बनकर

बूंद जमी पर ना आये

ब्याकुल हो गया पीते पीते

फिर भी प्यासे के प्यासे

बरसे नयना बादल बनकर ......

प्यार तेरा कैसा है जालिम

दिल की लगी मिटे ना

दिल की दिल मे रह गई मेरे

तेरे बिन चैन मिले ना

दिल मे तुम सासों मे तुम हो

तेरा प्यार बसा मन मे

सुंदर रूप सलौना चेहरा

वसा है इन आखों मे

बरसे नयना बादल बनकर ......

अखिया सूनी प्यासी तेरे बिन

अब ये प्यास मिटे ना

प्यासा योवन प्यासी जवानी

तेरे बिन प्यास बुझे ना

आओ आओ आ भी जाओ

दिल का करार मिटे ना

बेकरार हू तेरे लिऐ मै

दिल को चैन मिले ना

बरसे नयना बादल बनकर ......

66

न जाने क्यो तुम इस दिल मे रहते हो

न पास आते हो न दिल से निकलते हो

न जाने क्यो तुम ......

जब जब हम पास बुलाते है तो

कोई न कोई वहाना करते हो

ऐसी भी हमसे क्या खता हुई

जिसकी हमें सजा देते हो

न पास आते हो न दिल से निकलते हो

न जाने क्यो तुम ......

तुम हमको क्यो इतना सताते हो

प्यार करते हो फिर भी रूलाते हो

चाह कर भी हम दूर तुमसे न जा सके

दिल मे रहते हो न दिल से निकलते हो

न पास आते हो न दिल से निकलते हो

न जाने क्यो तुम ......

अब मान भी जाओ ज्यादा न सताओ

मांफ कर दो बाबा अब ना तडपाओ

कसम से सच किसी ने कहा है

दिल लगाने मे कुछ ना मजा है

सजा भी देते हो मजा भी देते हो

न पास आते हो न दिल से निकलते हो

न जाने क्यो तुम ......

————◆————

67

जिंदगी का सफर बडा है सुहाना

अकेला ही आया हूॅ अकेले है जाना

जिंदगी का सफर ......

कदम कदम पर राही मिलते

कदम दो कदम साथ वो चलते

एक दूसरे मे घुल मिल जाते

एक चोराहे पर वो रूक जाते

पल भर मे उनकी राहै बदल जाती है

हर राह पर हमको अकेले ही जाना है

जिंदगी का सफर ......

चला जा रहा हू मै मतवाला

ये राही समझते है पागल दिवाना

हम दिवानों की मंजिल का न कोई भरोसा

कदम दर कदम यही सोचता जा रहा हू

अता न पता कहां है ठिकाना तेरा

पूछू मे किससे नाम न तेरा पता

जिंदगी का सफर ......

ख्वावों मे थी सूरत वे आखों मे बस गई

वही एक मूरत मेरी जिंदगी बन गई

उठ रहे है कदम अब तेरे दीदार मे

मेरे सपनों मे न जाने तुम कहां खो गये

तू मेरा हमसफर बन गई मेरी जिंदगी

सासों जो बसी है तू वो हर खुसी है

जिंदगी का सफर ......

68

हमने तेरे साथ जीने का वादा किया है

तुम पर जान लुटाने का इरादा किया है

हमने तेरे साथ जीने का ……

ये दिल है तुम्हारा कसम से सनम

चाहो तो अजमालो हम है तुम्हारे सनम

मेरे मन मंदिर की तुम मूरत हो

आखों मे बसी है तुम वो सूरत हो

तेरे साथ खेलू मै तेरे साथ गाऊ

आओ पास मेरे संग संग गुनगुनाये

साथ जिऐगे हम अब साथ मरेंगे

यह वादा है हमारा हमारा सनम

हमने तेरे साथ जीने का ......

भंवरे गुनगुनाये पागल कलियॉ खिल खिलाये

ये कैसी चिलमन है दिल को खूब भाये

ये सूरत तुम्हारी हमको दिन रात सताये

परेशान करती है आज तेरी हर अदाये

तेरे साथ सोऊ मै तेरे साथ जागू

आओ पास मेरे तुमको वाहौं मे सुलालू

हम देखेगे सपने मिलकर साथ साथ

यह वादा है हमारा हमारा सनम

हमने तेरे साथ जीने का ......

———◆———

69

ये चॉदनी रातें रातों मे मुलाकातें

थोडी सी है तन्हाइयां थोडी सी बातें

धडकती है दिल मे बन कर सोगातें

मिलन ये कैसा कैसा अनोखा है

ये चॉदनी रातें ......

बैठे हो जैसे बैसे ही बैठे रहो

ये चॉद सा चेहरा यूं ही दिखाते रहो

तुम मुस्कराकर न पलकें झुकाओ

नयनो से नयना यू ही मिलते रहो

ये कैसी खामोशियां है कैसी मदहोशियां

जी भरता नही आती है अंगडाइयां

बस यूं ही प्यार जताते रहो

बालों मे उगली घुमाते रहो

ये चॉदनी रातें ......

रात सारी बीती मीठी बातों मे

डरने लगा दिल ये कैसी आहट है

देख ले ना कोई हम हम साथ है

प्यार के समुंदर मे हजारो मगरमच्छ है

नजर न लग जाये कहीं हमारे प्यार को

छुपा लो हमें अपनी परछाई की छाव मे

अब संग जीना है संग संग मरना है

सासों को मिलने दो मिलन अधूरा है

ये चॉदनी रातें ......

70

जीने का आलम जवानी के संग है

जवानी दिवानी सनम तेरे संग है

तुम ना सही तो तेरी यादें मेरे संग है

वसा है दिल मे दिवानापन संग है

जीने का आलम ......

भोली सी सूरत अदा भी उमंग है

दिल मे हिलोर मेरे होठों पर तरंग है

योवन है शराबी मेरा लवों पर बंध है

चूम लू मै तुमको मन मेरा मतंग है

जीने का आलम ......

एक तुम हो जिसका दिल मे मुकाम है

हर पल होठों पर तेरा नाम है

प्यारी सी सूरत इस दिल मे समाई

हर रात लिऐ झूमता रहा नींद नही आई

जीने का आलम ......

तू ही मेरा प्यार है तू ही जिंदगी है

इन दो नयनों मे वसी है वो रोशनी है

चाहा है तुमको चाहत से ज्यादा

मेरी इन सासों मे तू ही समाया

जीने का आलम ......

———◆———

71

ये मन मतंग चंचल सजन

सासों मे बसे हो तुम तो सजन

दिल की मुराद कर पूरी आज

बरसों से तडप रहे है सनम

ये मन मतंग ......

तुम हो जहां हम है वहा

दिल कहता है सनम

रहते हो तुम सासों मे मेरी

सपनों मे संग होता सनम

ये मन मतंग ......

दिल की सदाये देती दुआये

आखों मे वसे हो तुम तो सनम

होठो पर नाम तेरा वसा है

तेरे सिवा हमे कुछ ना पता है

ये मन मतंग ......

दिल बेताव है तुम्हारे पास है

मिलने की फिर क्यो प्यास है

इसे सदगी कहू या दीवनगी

यह आत्मा की आवाज है

ये मन मतंग ......

———◆———

72

अब तो सो जा सो जा मेरे दिल

सारी सारी रात गुजरी आखों मे

अब तो सुबह होने को है दिल

सो जा सो जा सो जा मेरे दिल

अब तो सो जा सो जा ......

सारी सारी रात जागे दीदार ना हुआ

अखियो मे निंदिया नही तेरे सिवा

ये ख्याल तेरा दिल से जाता नही

तेरे सिवा हमको कुछ भाता नही

अब तो सो जा सो जा ......

पलक मेरे झपके तो निंदिया आये

शायद ख्वाबो मे तू आ जाये

सारी रात गुजरी तेरे इंतजार मे

सुवह की वेला मे शायद तुम आओ

अब तो सो जा सो जा ......

पल पल मे तेरे दर को निहारा करू

कब आयेगा वो मौसम सुहाना

बक्त की घडियां रूकती नही है

हर पल मै तुमको प्यार जताया करू

अब तो सो जा सो जा ......

73

दर्दे मोहब्बत की दवा दिलदार दे दे

दिल दे दे दिल का खुमार दे दे

दर्दे मोहब्बत की दवा ....

बेखुदी ने सताया हमको

तुमने न दिल की बात जानी

दिल चाहता रहा उनको

कभी न दिल की बात मानी

दिल की चाहत का

अंदाजा लगाना मुशिकल है

दिल जल रहा है

हमको दिल का करार दे दे

दर्दे मोहब्बत की दवा ....

आशिकी मे आशिक का

क्यो हाल बुरा होता है

करता है भरोस प्यार पर

फिर बदनाम क्यो होता है

बक्त की मार खाई हमने

प्यार की झोली फैलाई हमने

कुछ ना मागू प्यार का आसरा दे दे

दीवाने आशिक को प्यार दे दे

दर्दे मोहब्बत की दवा ....

74

रोके ना रूके है मोहब्बत किसी से

होती है मोहब्बत कैसे किसी से

रोके ना रूके है ......

नजरों ही नजरों मे कैसे इशारे हुऐ

देखते ही देखते वो हमारे हुऐ

हम है बेखबर देखती उनको नजर

कब उनकी जरूरत हमको होने लगी

ये ऋतु हम पर कब भारी पडने लगी

हमे नजरों की कीमत चुकानी पडी

आज तुमसे मोहब्बत होने लगी

रोके ना रूके है ......

ये दिल क्यो अंगडाई लेने लगा है

उनको देखकर दिल मचलने लगा है

ये कैसा नशा सा छाने लगा है

होश मेरे दिल का खोने लगा है

लाख मनाया हमने दिल को

वक्त की नजाकत बताने लगा

फिर दिल ने कहा आ गले लग जा

हमे प्यार तुमसे होने लगा है

रोके ना रूके है ...

———◆———

75

जो न था नसीव मे उसको लिऐ रोना क्या

जो है पास तेरे मना ले हर पल सुनहरे

जो न था नसीव मे ....

ये दुनियां एक मायावी नगरी

हर रूह यहां आती जाती रहती

न मगरूर हो इतना

माया दुनियां मे आती जाती रहती

रोके ना रूके ये बक्त की घडियां

पल पल रूप बदलती रहती

न कोई अपना ये जहॉ बेगाना है

यहां आना जाना तो लगा रहता है

जो न था नसीव मे ....

कास वो अपना होता जिसके लिऐ मे रोता

न जाता दिल तोडकर हमें छोड कर

ये आग ना लगती आज मेरे दिल मे

जो बुझाये न बुझती किसी हाल मे

रोना चाहू तो भी रो नही पाऊ

चुप रहकर भी कुछ कहना चाहू

वस बात इतनी सी तुमको पता है

आज हमें अपने दिल का हाल बता

जो न था नसीव मे ....

———◆———

76

मै हू तेरे प्यार मे पागल

आवारा मुझको कह दे

दीवाना कहते है मुझको

जो चाहे सो तुम कह दो

मै हू तेरे प्यार मे ......

प्यार मे हमको नाम मिले है

मस्ताना परवाना कहते

मै हू आशिक मस्त पतंगा

जो चाहो सो तुम कह दो

मै हू तेरे प्यार मे ......

पत्तथर भी तो खाये हमने

तेरे दर दर पर हम भटके

तेरी ऐक चाह के कारण

सरे आम बदनाम हुऐ

मै हू तेरे प्यार मे ......

कभी न गिला की हमने

ना शिकायत की तुमसे

जो जो तुमने नाम दिऐ

वो हमने स्वीकार किये

मै हू तेरे प्यार मे ......

———◆———

77

दिल्ली हिंदुस्तान का दिल है

मेरा दिल है हिंदुस्तान

दिलों दिलों का प्यार हुआ है

दिल्ली दिल और हिंदुस्तान

दिल्ली हिंदुस्तान का ......

चरणों मे इसके सागर है

सिर पर ताज हिमालय

पूरब पशिचम फैली भुजाये

प्यारा भारत देस महान

दिल्ली हिंदुस्तान का ......

देस धर्म की बनी है नगरी

करते है सारे गुन गान

ईश्वर अल्ला रहीम बिराजे

प्यारा भारत देस महान

दिल्ली हिंदुस्तान का ......

ताज महल सीने मे धडके

यहॉ किलों की है भरमार

मंदिर मस्जिद और गुरूद्वारे

प्यारा भारत देस महान

दिल्ली हिंदुस्तान का......

यहॉ की संसकृति अमूल धरोहर

भाषाओं का है अनंत ज्ञान

हर जवान देश पर कुर्वान

प्यारा भारत देस महान

दिल्ली हिंदुस्तान का......

प्यार मोहबत का दीवाना

हर धडकन मे हिंदुस्तान

भाई चारा इस जहां मे देखा

प्यारा भारत देस महान

दिल्ली हिंदुस्तान का ......

———◆———

78

इस छोटी सी जिंदगी मे

मुलाकात होती रहेगी

जिंदगी मे मिलेंगे कई मोड ऐसे

हर मोड पर मुलाकात होती रहेगी

इस छोटी सी ....

जब तुम मिलोगे हमसे सनम

वफाये धडकनें बडने लगेगी

बीराने चमन मे भी सनम

शमाये मुस्कराती मिलेंगी

इस छोटी सी ....

तेरे मासूम चेहरे की मासूमियत

आखों मे वसी है बन कर अफसाना

जिंदगी का सफर तेरे बिगर अधूरा है

कैसे कटेंगी रातें कैसे कटेंगे दिन

इस छोटी सी ....

आश अधूरी कैसे होगी तेरे बिन पूरी

प्यासे नयना तडपें तेरे दीदार को

तेरे इंतजार मे तेरे प्यार मे

भटकती है आखें मेरी तेरे ऐतवार मे

इस छोटी सी ....

79

उसकी वफा का यही है शिला

मुझे पैमाना थमा दिया

बना कर किसी और को अपना

मुझे बेगाना बन दिया

उनकी वफा का ....

मुझे होठो से पिलाती रही

उसे मयखाना थमा दिया

मयकशी की हालत मे छोडा मुझे

उसे मस्ताना बना दिया

उनकी वफा का ....

हमें नजरों का निशान बनाया

उनको नजरों मे समाया

मदहोश करके छोडा हमें

उनको मस्ताना बना दिया

उनकी वफा का ....

मै किसकी वफा पर यकीन करू

दोनो ही मेरे   अजीज है

अब तुम सलावत रहो यारो

मै तुम्हारी दुनिया से चला

उनकी वफा का ....

———◆———

80

जीना चाहता हूॅ न जीने की आरजू

गुजरती है कजाये न मरने की आरजू

जीना चाहता हूॅ ……

जिंदगी है तो तुम्हारे लिऐ जीना चाहता हू

आती कजाये तो तुम पर मरती है जिंदगी

कितनी हसीन हो तुम पर फिदा है जिंदगी

जिंदगी का जिंदगी से दीदार करती है जिंदगी

जीना चाहता हूॅ ……

मै न होश मे हूॅ चंद गर्दिशों मे हू

हस कर सह गया हर गम जुदाई सह न सका

जब से तेरा साथ छूटा भटकती राहौं ने लूटा

उठ रहा है कदम मंजिल का न कोई भरोसा

जीना चाहता हू ......

ये कैसा प्यार है न खुद पर ऐतवार है

वो मिलना न चाहे उनके लिऐ दिल बेकरार है

दुनिया मे चाहत है कैसी हमने कभी न देखी

जिंदगी है पर भरोसा नही क्या यही है जिंदगी

जीना चाहता हू ......

———◆———

81

हमें भी बनाना है मोहब्बत ऐेक ऐसा मुकाम

जो धडके जहां की धडकन मे बन कर मशाल

हमें भी बनाना है ......

मेरा हर नग्मा इस जहॅं की धडकन बनेगा

प्यार का दीपक हर घर मे जलता मिलेगा

मोहब्बत के गीत गायेगी ये दुनिया सारी

बनकर मशाल जलेगी प्यार की ऐक चिंगारी

हर दिल मे रोशन होगा एक छोटा सा जहां

हमे भी बनाना है ......

इस जहां से नफरत को मिटाकर प्यार जगा दूंगा

छोटी सी इस दुनिया को और भी हसीन बना दूंगा

प्यार के सपने सजायेगी दुनिया हकीकत मे बदल दूंगा

सोये हुऐ जज्बातों को इकरार मे बदल दूंगा

मिटा कर खुद को मोहबत को अमर बना दूंगा

हमे भी बनाना है ......

82

करके भरोसा किया नही जाये

दर्द है कैसा अब सहा नही जाये

याद उनकी आये रहा नही जाये

कैसी है जुदाई सही नहीं जाये

हाय तन्हाई क्यों दिल धडकाये

जियरा जलाये क्यों हमको सताये

करके भरोसा किया ......

दिल जानता है या उनको पता है

पर मानता नही सबको पता है

ये कैसी हलचल कुछ कहा नही जाऐ

कैसी बेरूखी है सही नही जाऐ

यह कैसी लगी है किसको बताये

करके भरोसा किया ......

होठों की लाली पर कितने फिदा है

नजरों के निशाने पर सारा जहां है

मेरी हर अदा पर मदहोश कयामत

दिल मे रहकर भी सासें जुदा है

हद से ज्यादा अब सहा नही जाऐ

करके भरोसा किया ......

ये कैसी मोहब्बत किसको पता है

बेकरारियों का कैसा शिलशिला है

भूलना चाहे उनको भुला नही पाते

यह कैसी मजबूरी है समझ नही पाते

गले से नीचे वो उतर नही पाते

करके भरोसा किया ......

83

चला जा रहा हू भटकती राह पर

न कोई हम सफर है बीरान राह पर

चला जा रहा हूॅ ......

चलना कठिन है सुनसान राह पर

हर शूल स्वागत करता है मेरी आह पर

कितना भी कठिन हो रास्ता जाना है हमें

रोंद डालूगा हर मुसीबत को कदमों तले

गर तूफान आये तो चट्टान बन कर अडूगा

हर कदम पर यकीन है मुझे आगे बडूगा

चला जा रहा हूॅ ......

पुकारती है मुझे मेरी मंजिल जाना है मुझे

अपने हर वादे को पूरा करना है मुझे

हर कदम पर तुम हो मेरी सासों मे तुम हो

तुम से मेरी हिम्मत तुम ही आरजू हो

जिंदगी के हर मोड पर तुम मेरे साथ हो

फिर न कोई शिकायत तुमसे शिकवा करू

चला जा रहा हूँ ......

84

इस वतन की बुराई पर नजर मत डाल मेरे दिल

वतन अच्छा है सारे जहॉ से सच्चा है मेरे दिल

इस वतन की बुराई पर ......

जो किसी वतन मे नही है आज वो है मेरे वतन मे

कास तुम इसे प्यार करते तो आग न लगती मेरे दिल मे

हमने तुमको सम्मान दिया बिन मागे अधिकार दिया

उस मान का अपमान करो तुम यह तुमने कहां पडा

इस वतन की बुराई पर ......

ऊची कुर्सी ऊचा ओहदा ऊचे पद पर बिठलाया

आस लगाकर मेरी सुध लेगा मै एक मजदूर कहलाया

करी मजदूरी दिन भर शाम को खाना खाया ना खाया

तुमको सुलाया उजाले मे मै अंधेरो मे सोया

इस वतन की बुराई पर ......

एक छोटी सी मेरी आशा तू जग को उजाले मे सुलायेगा

भूखा भी सोया तो इसलिऐ तू सारे जहां को खिलायेगा

जो सपने सजाये है हमने उसे तुम साकार करना

तुमको कसम है एक मजदूर को बदनाम मत करना

इस वतन की बुराई पर ......

———◆———

85

शरद वहारों के मौसम मे

मधु मस्त फुहारें पडती है

दिल झूम झूम जाता है

अंग अंग खिल जाता है

शरद वहारों के ......

रवि छुपा हुआ है गगनों मे

छाया है अंधेरा अंगनों मे

ये वादलों की काली घटाये

गरज गरज कर शोर मचाये

तब दिल झूम झूम जाता है

शरद वहारों के ......

रिम झिम रिम झिम वादल बरसें

भीगे पेडों की डाली डाली

वारिस की नन्नी नन्नी बूंदे

मेरे मन को अति भाये

तब दिल झूम झूम जाता है

शरद वहारों के ......

तालावों मे मुस्कराये

कमल दलों की कलियां

भंवरे तितली और तिलचट्टे

मधुर भ्रमन करते रहते

तब दिल झूम झूम जाता है

शरद वहारों के ......

रवि किरणें गगनों को चीरकर

विनीत धूप फैलायें

आसमां का क्या जिक करू

अंगनों मे उजाला छा जाये

तब दिल झूम झूम जाता है

शरद वहारों के ......

पत्तों पर पडी बूॅद ओस की

रवि किरणों से टकराती है

जब बूंद मोती बन जाये

हीरे जैसी चमक दिखाये

तब दिल झूम झूम जाता है

शरद वहारों के ......

86

मीठा मीठा महीना सावन का लाता है मौसम वहारों का

आती है वहारें हवाओं मे खिलते है चमन वफाओं मे

दिलों मे मोजै उमडती है खुशवू चमन से मिलती है

दिल मे शमां जल जाती है चॉदनी निशा से मिलती है

आकर वादल सभी दिशा से जब जब सूरज को घेरे

तब तब हो जाये निराला मौसम दिल का पक्षी बोले

मीठी मीठी आवाजें चमन मे सात स्वरों का रस घोले

तब उठती है तरंग दिलों मे तुमसे मिलने की

मस्त वहारों के मौसम मे साथ तुम्हारा जो पाऊ

झूम कर नाचे झूम कर गाये तुमको अपने दिल मे वसाऊ

लेकर साजन को वाहो मे प्यार के सागर मे जाऊ

डुबकी लगा लगाकर सागर मे हजारों गोते खायें

होश खो दू मे अपने तुमसे लिपट चिपट कर

जी भर कर जोश जवानी का तुम पर लुटाता रहू

जब तक हमारे मिलन के चमन वहारें ना गाये

तब तक तेरा साथ न छोडू जीते जी मर जाऊ

मर कर भी ऐक तमन्ना अपने दिल मे बसाऊ

जन्म जन्म तक साथ न छोडू प्यार तेरा ही पाऊ

———•———

87

तेरी यादों मे भर आती है ये आखें

पल पल हमको सताती है तेरी यादें

बरसती है ऽऽऽ इस कदर कि

सारे तन मन को भिगो देती है आखें

तेरी यादों मे भर ......

कास ये आखें न होती तो

मोहब्बत के चिराग को

बुझते न देखता

न ढलते इस कदर आंसू

दिल की प्यास अधूरी न छोडता

न रोकूंगा ये बहते हुऐ आंसू

ये ही सहारा मेरी जिंदगी का

तुम ना सही तो तेरी यादें ही सही

ये आसू बने है सहारा

मेरी जिंदगी का

तेरी यादों मे भर ......

खामोश दिल को जगाते है आंसू

पल पल तेरी याद दिलाते है आंसू

मोहब्बत की छाई है काली घटा

वादल बनकर बरसते है आंसू

मोहब्बत ये कैसी सजा बन गई

प्यार की रजा खता बन गई

दिल जलता रहा आसू निकलते रहे

एक अहसास है न थमने देता आंसू

तेरी यादों मे भर ......

88

सूखा चमन तू माली कहां है

सूख रही कचनार यहां है

सूखा चमन तू ......

सूख गये मेरे नयनो के झरने

सूने हुऐ है दिल के तराने

होठो की लाली फीकी पडी है

जिसकी लालिमा पर तुम मरते

चाहत का तुमने दिया नजराना

मिटने लगा है बजूद हमारा

सूखा चमन तू ......

किसकी नजर लगी खुशियों को मेरी

सुना हुआ है उपबन हमारा

सिमटने लगा है गदराया योवन

नजरों से ओझल हुऐ तुम कैसे

आग लगा दी अपनी हर खुसी को

जिंदगी का ये कैसा इंतहान है

सूखा चमन तू ......

89

आज ये चॉद सितारे न होते

तो हम होश मे न होते

समां लेते आगोश मे

काश ये वहारें न होती

आज ये चॉद ......

खोलू बदन तो चंदा देखे

मस्त वहारें योवन चूमे

हम तो वस तुम्हारे होकर

रहते है जीवन मे अकेले

आज ये चॉद ......

एक पल को एकांकीपन लादे

इन चॉद सितारों को दूर भगा दो

चंचल चंदा चित्तचोर चॉदनी

इसकी नजर से हमको बचा लो

आज ये चॉद ......

ले चल हमको ऐसे जहां मे

तुम्हारे सिवा हमे कोई न देखे

लुटा दू मै सारा योवन तुम पर

पल भर मे सदियां जीलें

आज ये चॉद ......

———•———

90

एक प्यारा सा सपना है

वही तो वस अपना है

मत छीनो हमसे हमारे सपने

यही तो वस अपना है

एक प्यारा सा ......

जो जी चाहता है वो करने दो

हमें अपने रंग मे रंगने दो

जीना यहां मरना यहां

फिर हम सपने देखें कहां

हमें अपने सपनों को सजाने दो

हमें अपने हाल में जीने दो

एक प्यारा सा ......

यह एक छोटी सी दुनिया है

उसे हमें अपना बनाना है

यह मिलने मिलाने का मेला है

सब बातों का झमेला है

हर रात को रंगीन बनाना है

रात भर सपने सजाना है

एक प्यारा सा ......

———◆———

91

यह जिंदगी क्या है ऽऽऽ

सब को पता है ऽऽऽ

इनको पता है उनको पता है

मगर खुद से लापता है

कैसे समझायें खुद को

यह जिंदगी वेवफा है

यह जिंदगी क्या है ऽऽऽ

खुद से ही खुद की शिकायत करता

खुद के संभाले खुद ना संभलता

कोई तो संभालो मेरे इस दिल को

हमसे ये संभाले नही संभलता

कभी उल्झता है मोह माया के जाल मे

कभी फंसता है ममता के प्यार मे

मछलिया निकलती है जिंदगी के सफर मे

वेखोफ सागर का सीना चीर कर

कब कहां कौन सा जाल मिल जाऐ

यह किसको पता है

यह जिंदगी क्या है ऽऽऽ

खुद से ही खुद का दीदार करता

जिंदगी के सफर मे खुद को याद करता

कहीं आ न जाये वो सुहाना पल

जिसका वो हर पल इंतजार करता

बुलंद इरादे ही बुलंदिया छुआ करते है

छोटी सी डगर से मंजिल छुआ करते है

खुद को पहचानो हर राह को जानो

जिंदगी है सीखने सिखाने के लिऐ

खुद संभलो खुद को संभालो

यह जिंदगी क्या है ऽऽऽ

जिंदगी क्या है इसको पहचानो

खुद को संभलो हमे भी संभालो

कमजोर मुसाफिर हूॅ इस सफर का

कभी हम भी खिलाडी थे

अपने लिऐ जिऐ तो उनको दर्द होता है

उनके लिऐ जिऐ तो खुद को दर्द होता है

हम दर्द क्यो सहें खुद के लिऐ जिऐं

उन्होने कितना दर्द सहा हम सह ना सके

हर दर्द को सहन कर उनके लिऐ जीने लगे

यह जिंदगी क्या है

92

दिल का लगाना गर बन जाऐ फंसाना

तो दिल की लगी को किस कदर देखना है

जिसे हम अपना समझे वो निकले बेगाना

तो उसको हमें उसे किस कदर देखना है

दिल का लगाना गर ......

बसे हो दिन रात तुम इन नजरों मे मेरी

इस जहा को देखू वहॉ तू ही नजर आये

उसने न जाना कभी हमको अपना

हमेशा समझता है वो हमको बेगाना

दिल का लगाना गर ......

उनके लिऐ हमे भूल जाना मुमकिन है

हम कैसे भूलें न समझा कभी उनको बेगाना

हर पल उनको अपने ख्यालों मे बसाया

उसे भूल जाने से पहले दुनिया से रूठ जाना

दिल का लगाना गर ......

हमने प्यार किया है इसके दो है शिला है

वफा मिले प्यार मे या वेवफा कहे जमाना

यह अपनी अपनी किस्मत की बात है

उनको वफा मिली हमे वेवफा कहे जमाना

दिल का लगाना गर ......

93

दर्दे मोहब्बत का हमें ना पता था

गमे-जिंदगी का हमें ना पता था

फूल अच्छे लगे हम चुनते गये

कांटे चुभने लगे तो रोने लगे

फूल चुनने से पहले काटों की

चुभन का अहसास न था

दर्दे मोहब्बत का ......

फूलों का हार बनकर गले मे आया

मतवाला दिल फूला न समाया

जब महफिल मे फूल मुरझाने लगे

तो आखों स आसू बहाने लगे

दर्दे मोहब्बत का ......

हमने बसाया दिल मे उनको

दिल ही तो था खो गया उसके लिए

दर्दे-मोहब्बत का गम मालूम होता

तो दिवाना बनने का ख्वाब न होता

दर्दे मोहब्बत का ......

हमने चाहा दिल से अपने लिऐ

वो खाकर वफा की कसमें गैर के हुऐ

ये कैस शिलशिला है जो थमता नही

मासूम है दिल कुछ समझता नही

दर्दे मोहब्बत का ......

94

ये टिम-टिम टिमटिमाते तारे यही कह रहे है
प्यार कर प्यार कर प्यारे वस यही कह रहे है
ये टिम-टिम टिमटिमाते ......
यह ऋतु है सुहानी हर मौसम मे जवानी
दो दिलों को चूम लेने की इसने है ठानी
दिल तो अंजाना है हाल वही पुराना है
मोहब्बत का न कोई भरोसा कब कहां हो जाये
ये टिम-टिम टिमटिमाते ......
प्यार तो है अलबेला दो दिलों का मेला
आओ पास मेरे यह दिल है क्यो अकेला
हम और तुम एक दूसरे पर फिदा है

फैली है अपनी वाहें होठ क्यो जुदा है

ये टिम-टिम टिमटिमाते ......

नजरों को नजरों से नजरें चुराने दो

दिल मे अरमानों के तूफान को मचलने दो

वहारों की नजाकत को दिल मे संभाले हुऐ

आ गये पास हम दिल को संभलने दो

ये टिम-टिम टिमटिमाते ......

95

सदियां जी कर भी हम जी नही पाये

एक पल की जिंदगी हमें जीना सिखाये

सदियां जी कर ......

तेरे प्यार ने हमे जीना सिखा दिया

वहते हुऐ अस्कों ने हमें पीना सिखा दिया

तुम सागर पर सागर पिलाते गये

इस प्यास को हम बुझा न सके

सदियां जी कर ......

कभी हमको प्यार ने मजबूर किया

कभी खुद के हाथों मजबूर हुऐ

कभी छुप कर रोये तुम्हारे लिऐ

कभी रूलाकर हमको रोने न दिया

सदियां जी कर ......

एक पल का साथ तुम्हारा भूलता नही

तेरे सिवा कुछ हमें याद आता नही

ये तन्हाइया मदहोशियां जाती नही

क्यो हो नजरों मे मेरी पास आते नही

सदियां जी कर ......

96

जाने क्यो तुम्हारा नाम लवो पर रहता है

जब आख मीचू तो तुमसे दीदार होता है

न जाने क्यो तुम्हारा ......

तेरे हसीन जज्बातों मे इस कदर खो जाता हू

सच पूछो तेरे हसीन ख्वावो मे खो जाता हू

ख्वावो की दुनियां यू तो हसीन होती है

दिल धडकता है तो धडकन तेज होती है

न जाने क्यो तुम्हारा ......

यू तो यह दिल समुंदर होता है

लहरों का तूफान दिल के अंदर होता है

जब मचलती है सासों की शरगम

तो हर रंग और रूप निखरता है

न जाने क्यो तुम्हारा ......

एक छोटी सी मुलाकात जिंदगी बन जाती है

तेरी हर ऐक अदा मुकद्दर बन जाती है

क्या कहे हालात कुछ एसे बन जाते है

मोहब्बत एक दर्द भरी कहानी बन जाती है

न जाने क्यो तुम्हारा ......

97

सनम तुम दर्द बन कर

न धडक हो सीने के अंदर

हर रात यू ही कट जायेगी

जी जी कर मर मर कर

सनम तुम दर्द ……

मेरे दिल मे ख्वावो का समुंदर

आग लगी है तन मन के अंदर

एक पल का साथ गर मिल जाये

जिंदगी का सफर थम सा गया है

सनम तुम दर्द ……

ये वरखा वहारों का मौसम यहा है

किसको तुम ढूढाते हो हम यहा है

एक प्याला है प्यासे होठो की प्यास

यह प्यासी नजर देखती कहा है

सनम तुम दर्द ...

जिंदगी मे यह कैसा मोड आया

क्यो नही दिल उनको भाया

मंजिल से पहले एक ठहराव है

मौत के बाद क्या किसको पता

सनम तुम दर्द ...

98

ये कैसी दास्ता है जो दिल मे उतर गई

ये कैसी कहानी जो होठो पर थम गई

आज मै एक एसी दास्ता को सुनाने जा रहा हू

जो इस दिल वस और गई सासों उतर गई

इसका नाम है "शमां और परवाना"

ये कैसी दास्ता है ......

ऐक शमां को परवाने से प्यार हो गया

शमां जलती रही परवाना मडराता गया

मोहब्बत मे दिल जलता रहा जिस्म तपता गया

सासों के दरम्यान शोला भडकता रहा

ये कैसी दास्ता है ......

कितनी सुहानी है ये शाम मस्तानी

मस्ती मे खिलती है नादान जवानी

यह कैसी हकीकत है दिल मानता नही

बेकरारियो मे भी करार आने लगा है

ये कैसी दास्ता है ......

शमां शोले बरसाकर परवाने को जलाने लगी

परवाना भी शोलों पर शवनम बरसाने लगा

ये कैसी आग है जो खुद को जलाने लगी

क्या यही प्यार है जो बेशुमार है

ये कैसी दास्ता है ......

———◆———

99

हमे कुछ ना मिला ऐेक दर्द के सिवा

तेरे प्यार मे सनम तेरे ऐतवार मे

हमे कुछ ना मिला ......

दिल रोता रहा तुमसे रूबरू होता रहा

किसको पता है इस दिल की दशा

मजबूर कितना दिल है ये हालत न माने

दिल धडकता रहा मै यही सोचता रहा

एक खिलौना बनाकर वो खेलता रहा

हमे कुछ ना मिला ......

यह कैसी नजर है जो रूकती नही है

जलाकर दिल को शमां बडती नही है

वो जानते है मगर पहचानते नही

कौन अपना है इस जहा मे जानते नही

खूब समझया उनको कुछ समझ न आया

हमे कुछ ना मिला ......

यह कैसी अनहोनी कहानी बन गई

भडकता रहा यह हुश्न का शोला

आखें देखने को तरसती रही

चैन छीनकर मेरा वो कब चले गये

जिंदगी ख्वाब गई ख्वाब भी थम गये

हमे कुछ ना मिला ......

———•———

100

मै गीत गाता हू सिर्फ आप के लिऐ

दिल मे प्यार लाता हॅू सिर्फ आप के लिऐ

मै गीत गाता हू ......

ये गीतो का साया दरिया का पानी

इनकी है एक अजब कहानी

दिल खुश होकर कहता ही यही

मस्त है हम अपनी मस्ती मे रहने दो

मै गीत गाता हू ......

दिल मे अरमान खुशियो का सागर

सात स्वरों का बना है ये संगम

यह ऋतु सुहानी बदलता हुआ मौसम

हर जुवा पर बसी है अपनी कहानी

मै गीत गाता हू ......

जिंदगी है झरोखा पवन का यह कैसा

आया कहां से समाया कहां वो

हमें कुछ ना पता है ऐक तेरे सिवा

रहता है पल पल साथ साया तेरा

मै गीत गाता हू ......

दिल है दिवाना पागल ये कितना

खोने लगा है ये सब्र अब अपना

मासूम सा चेहरा बडा ही दिवाना

लाता है यह क्यो प्यार इतना

मै गीत गाता हॅू ......

101

ये कैसी बेबसी है ये कैसी बेकशी है

ये कैसी तन्हाइयॉ ये कैसी मदहोशिया

जिया जाये ना अब सहा जाये ना

कुछ कहा जाये ना अब रहा जाये ना

ये कैसी बेबसी है ......

क्यो इतना सताते हो क्यो इतना इतराते हो

हमें तुमसे मोहबत है क्यो नजरें चुराते हो

आ जाओ वाहों मे तन-मन मे समा जाओ

पुकारता है दिल मेरा सासों मे वस जाओ

ये कैसी बेबसी है ......

ये कैसी मोहब्बत है दीवानगी तुम्हारी

छलकती है जो होठो पर ये सादगी तुम्हरी
शराब और शवाब की संगत हमने देखी
गले से उतरती नही यह रंगत है कैसी
ये कैसी बेबसी है ......
यह कैसा ऐक पल का हसीन नजारा
अनजान राहो पर बनते है वो सहारा
ढूढती रहती है खामोशियों मे सदां
किस रास्ते निकलती है ये सिशकारियां
ये कैसी बेबसी है ......